COROA MANCHADA

erin watt

COROA MANCHADA

UM ROMANCE DA SÉRIE THE ROYALS

Tradução
Regiane Winarski

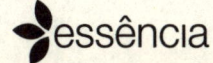

Copyright © Erin Watt, 2018
Copyright © Editora Planeta do Brasil, 2020
Título original: *Tarnished Crown*
Todos os direitos reservados.

Preparação: Laura Folgueira
Revisão: Elisa Martins e Franciane Batagin Ribeiro
Diagramação: Futura
Capa: adaptada do projeto gráfico original de Meljean Brook

DADOS INTERNACIONAIS DE CATALOGAÇÃO NA PUBLICAÇÃO (CIP)
ANGÉLICA ILACQUA CRB-8/7057

Watt, Erin
   Coroa manchada / Erin Watt; tradução de Regiane Winarski. – São Paulo: Planeta, 2020.
   176 p.

ISBN 978-65-5535-153-8
Título original: *Tarnished Crown*

1. Ficção norte-americana I. Título II. Winarski, Regiane

20-2710   CDD 813.6

2020
Todos os direitos desta edição reservados à
Editora Planeta do Brasil Ltda.
Rua Bela Cintra, 986 – 4º andar – Consolação
01415-002 – São Paulo-SP
www.planetadelivros.com.br
faleconosco@editoraplaneta.com.br

Capítulo 1

GIDEON

— Por que eu concordei em vir? — resmungo enquanto olho para a sala cheia. A festa é igual a cem outras a que já fui desde que, com catorze anos, descobri como pegar um carro na garagem do meu velho. A música é um pouco melhor, pois a fraternidade pagou um DJ de verdade, mas a cerveja é medíocre, e as "paradinhas" também.

— Porque tem bebida de graça e mulheres gostosas. De que outro incentivo você precisa? — responde Cal Lonigan, um dos meus colegas da equipe de natação.

— Foi uma pergunta retórica.

— Você reparou nas gatas? Se não estiver meia-bomba, o que tem na sua cueca morreu. Tem mais de dez motivos bem ali. — Cal aponta a cerveja na direção de um grupo de garotas.

São todas iguais para mim. Cabelão armado, vestidos curtos e sapatos amarrados nos tornozelos. Acho que minha irmã postiça disse o nome disso. Sandálias gladiadoras? Sandálias lutadoras? Porra, e por acaso me interessa?

Não. Não me interessa. Parei de me interessar há um tempo, já.

Entrego minha cerveja para Cal.

— Eu passo.

— Passa? — repete ele, incrédulo. — E aquela? A asiática no canto é ginasta. Eu soube que ela consegue curvar o corpo até ficar no formato de um pretzel.

Desde quando alguém quer trepar com um pretzel?

— Passo longe.

— Estou preocupado com você, cara. — Ele leva a garrafa até a boca, acho que para impedir que as pessoas que leem lábios consigam entender o que ele está dizendo. — Dizem por aí que você não molha o biscoito há um tempo. Esse seu menino aí encolheu pra sempre, é?

Abro a boca para explicar ao Cal que não é esse o problema, mas decido não falar nada. Ele foi exposto a cloro demais quando era bebê e seu funcionamento cerebral foi afetado. Isso não pode ser usado contra ele.

— Que bom que você nada bem e é bonito, Cal. — Dou um tapinha nas costas dele.

— Você me acha bonito — diz ele com voz aguda. Com os olhos arregalados, ele olha em volta para verificar se alguém ouviu. — Olha, cara, você também é bonitão, mas sabe que essa não é a minha praia, né?

— Sei — respondo. — Bom, vou cair fora. Esta festa está…

É nessa hora que a vejo.

O cabelo escuro é liso e brilha muito. O rosto está pintado, com um esfumado nos olhos azuis, e acentua os lábios curvos. É a máscara que ela usa desde que me deu o pé na bunda. A que diz que ela está com raiva do mundo e pronta para descontar em algum pobre coitado.

Não sei com quantos caras ela transou desde que me disse que ia me magoar da mesma forma que a magoei, mas sei que não curtiu nenhuma vez. Como poderia, se o corpo dela pertence a mim, como o meu pertence a ela?

— Quem é a gata pra quem você está olhando? — pergunta Cal com curiosidade.

— Se tocar nela, você morre, Lonigan — rosno.

E saio andando para descobrir o que Savannah Montgomery está fazendo naquele buraco de fraternidade quando deveria estar destruindo os sonhos dos calouros da Astor Park Prep.

Um Sigma chega nela antes de mim. Ele levanta o cotovelo acima da cabeça de Savannah e tenta roçar nela antes que ela consiga sair da porta.

Eu o seguro pelo ombro.

— Seu irmão Paul está te procurando.

O babaca de camisa polo e expressão vazia me olha sem entender.

— Paul?

— Peter, talvez? Parker? Ele é dessa altura. — Estico a mão na altura do meu queixo. — Tem cabelo louro.

— Você quer dizer Jason Pruitt?

— Deve ser. — Dou um empurrão não muito gentil no cara, para longe da Savannah.

— Tenho que ir resolver isso. — O babaca pisca para a minha garota. — Mas não deixa esse lugar ao seu lado esfriar. Eu volto.

— Quem é Paul? — diz uma voz ao meu lado.

Porra, Cal. Eu me viro.

— O que você está fazendo?

— Eu tinha que ver o que chamou a atenção do poderoso Gideon Royal. — Ele estica a pata gigante na direção da Savannah. — Cal Lonigan. Pode me chamar de Longo.

Ela aperta a mão dele e a segura por bem mais tempo do que eu gostaria.

— Longo? É um daqueles apelidos que descrevem o oposto da realidade?

Trinco os dentes. É um milagre ainda ter algum esmalte neles. Estou trincando os molares desde que nos conhecemos.

— Que nada. A propaganda é totalmente real. O Royal pode confirmar. Nós somos da mesma equipe de natação. — Ele se inclina para beijar os dedos dela. — Agora, princesa, pra onde posso te levar pra mostrar como meu apelido é real?

— Ela é menor de idade — digo.

— Não sou, seu babaca. — Sav puxa a mão. — Tenho dezoito anos. E dezesseis é a idade do consentimento neste estado, como você sabe muito bem.

— Vá embora, Cal. — Eu me recuso a chamá-lo de Longo. — Essa é minha. Você conhece as regras.

Savannah me fuzila com o olhar.

— Eu não sou sua.

Cal suspira.

— Tudo bem. Tudo bem. Mas a próxima é minha.

Não tiro os olhos da Sav.

— É, está bem.

— Não sou um pedaço de carne, Gideon — diz ela com rispidez. — Você não pode me escolher como se eu fosse um peru numa caçada.

Ignoro a reclamação porque uma coisa bem mais importante precisa ser esclarecida.

— O que você está fazendo aqui?

Ela sorri, mas parece estar sofrendo.

— Estou fazendo uma visita à faculdade. Acho que vou estudar na State.

Metade de mim se alegra. A outra metade se revolta. Eu já me odeio; preciso mesmo ver um lembrete de por que sou um ser humano infeliz me seguindo pelo campus? Não. Não preciso.

— Você não acha que vai ser um sofrimento estudar na mesma faculdade que eu?

— Por quê? — pergunta ela friamente. Se eu não a conhecesse tão bem, poderia ter sido enganado, mas há um brilho de mágoa por trás do aço nos olhos dela.

— Nós dois sabemos por quê. Nós vamos nos matar. — Não importa a distância ou quantas pessoas colocamos entre nós, ainda há uma atração. Não podemos negar nosso passado e nossa ligação, ainda que tentemos. Mas, quando estamos juntos, provocamos uma dor imensurável um no outro.

— Eu já estou morta. Você devia saber. Foi você quem enfiou a faca no meu coração. — Ela passa por mim, uma onda de calor sufocante e aroma cítrico, e é rapidamente engolida pela multidão de alunos que encostavam os corpos suados uns nos outros.

— Cara, acho que ela não gosta muito de você. — Meu colega de equipe aparece atrás de mim, um olhar seco no rosto.

— Você é um verdadeiro estudante do comportamento humano, Cal.

— Só estou falando. Quando foi que você enfiou essa tal faca? Se é que posso perguntar?

— Quando você acha? — respondo, procurando-a, mas está escuro demais e ela não quer ser encontrada. — No ensino médio.

* * *

TRÊS ANOS ANTES

— Último ano, G. A gente vai arrasar — grita Hamilton Marshall III, mais conhecido como Três, do teto solar do meu carro.

A namorada dele, Bailey, o puxa pela perna.

— Senta, idiota. Você vai acabar decapitado.

Ele desce do teto solar com relutância.

— Só vou me sentar por sua causa, gata. Se minha cabeça fosse arrancada, você passaria o resto da vida atormentada, e não quero isso pra você. Nem pra você, G. — Ele estica a mão para dar um tapinha no meu ombro.

Ao lado dele, Bailey ri com deboche.

— Rá! Sonho seu. Gideon e eu nos consolaríamos e esqueceríamos que você existe.

— Diz que não é verdade, G. — Três bate com a mão no peito, cheio de drama. — Você não faria uma coisa dessas.

— O código dos manos vale para o túmulo? — Só estou brincando. Eu preferiria cortar a mão fora a tocar na garota do Três.

— Eu cuido de você, gata — diz meu irmão Reed do banco do passageiro. Ele é tão preguiçoso que não abre os olhos nem levanta a cabeça do apoio.

— De jeito nenhum. O código dos manos existe até no céu, de onde vou estar observando vocês três. — Três aponta dois dedos para os olhos e os vira na direção dos bancos da frente.

— Então você está dizendo que quer que o amor da sua vida e o seu melhor amigo sejam infelizes pelo resto da vida só porque você foi idiota a ponto de botar a cabeça para fora do teto solar quando esse melhor amigo estava dirigindo a cento e trinta por hora? — pergunta Bailey.

— Cento e quarenta — corrijo.

— Cento e quarenta — repete ela.

Três franze a testa.

— Não foi isso que eu falei.

Reed dá um sorrisinho debochado.

— Então você ia querer que a gente se consolasse. Você ia querer que Gideon me fizesse ter os melhores orgasmos da minha vida porque você quer o melhor pra mim — diz Bailey.

Escondo o sorriso. Bailey carrega as bolas do Três dentro da bolsa Prada.

— Bzzzz. Tempo. — Três faz um sinal de T com as mãos. — Meu limite é você ter orgasmos ótimos com meu melhor amigo, mesmo que eu esteja morto. Não vou conseguir apreciar a vida após a morte se você estiver aqui apreciando o pauzão do Gezão.

Tudo bem, só uma trepada, então.

— De um estranho é melhor?

— Definitivamente. O que quer dizer que Reed está fora da jogada também.

Reed levanta um dedo de reconhecimento no ar.

— Você devia ficar com alguém, Gideon. É mais seguro — diz Bailey.

— Como?

— Primeiro, porque aí você não vai mais fazer a panela da concorrência ferver. Já é bem ruim Easton estar em Astor agora. Vocês três estão atrapalhando a vida da população feminina. Segundo, é mais saudável ter um relacionamento. Não tem preocupação com IST nem com uma garota qualquer furar a camisinha de propósito. Né, Três?

— Isso mesmo, gata. Bailey está tomando pílula há um ano.

— A maioria das garotas toma — diz Reed, ainda sem abrir os olhos.

— E Abby Wentworth? — sugere Três.

— Argh, não — protesta Bailey.

— Qual é o problema da Wentworth? — pergunto, olhando para Reed. Ele que estava com ela na festa da Jordan Carrington algumas semanas antes. — Ela parece legal.

— Claro que ela parece legal aos seus olhos. É uma daquelas garotas que são sempre fofas e delicadas perto dos garotos, mas, se você a encontra sozinha, ela é mesquinha e manipuladora. — Bailey franze o nariz. — Pior, qualquer uma é malvista se reclamar dela. Como se tivéssemos inveja, sei lá.

Três segura a lateral da cabeça da Bailey e a puxa para um beijo.

— Não se preocupe, gata. Você não precisa ter inveja de nada.

— Eu sei disso — diz Bailey, fazendo carinho na cabeça dele como se ele fosse um bom cachorrinho. — E a Jewel Davis? Ela é bem razoável.

— Parece uma chata — responde Reed.

Tenho que concordar com isso.

— Não quero sair com ninguém do meu ano. As separações acabam ficando complicadas depois.

— Aff. Tudo bem. — Ela se solta da mão do Três e cruza os braços.

Ele me olha pedindo socorro. Odeia quando ela se irrita. Eu suspiro.

— Qual é o plano pra hoje? — pergunto.

Bailey se anima.

— Vamos nos encontrar no Rinaldi's às nove e tomar sorvete.

— Combinado.

— Tenho compromisso — diz Reed.

Compromisso, aham. Ele provavelmente vai pras docas brigar.

— Eu vou — garanto a Bailey antes que Três me lance outro olhar de súplica.

Bailey pega o celular e começa a enviar mensagens de texto para chamar as amigas todas.

— Algum pedido específico? Emilia, Sasha, Jeannette?

— A Jeannette não está com o Dan Graber? — pergunta Três. — Eu vi os dois se agarrando na festa de Corner Mill no píer no fim de semana.

— É mesmo? Eu nem fazia ideia. — Ela escreve uma coisa no celular. — E as garotas Montgomery?

— Garotas? Achei que era só a Shea e não, obrigado. — Tremo.

— Qual é o problema da Shea? — pergunta Bailey.

— Ela anda com a Jordan Carrington. Prefiro cortar o pau fora pra não ter que enfiar em alguém daquele grupo.

— Eu não sabia que você achava isso da Jordan. Tudo bem que ela é uma cobra escondida na grama, mas eu não imaginava que os homens viam algo além dos peitos e da bunda perfeita dela.

— Ei, e eu? — protesta Três. — Fui eu que contei que ela passou a mão em mim na aula de Educação Física. Ainda estou traumatizado.

Três tem um metro e noventa e cinco e parece feito de tijolos. Ter medo da pequena Jordan Carrington é piada. Ele vai estudar em Louisville com bolsa de estudos integral para jogar futebol americano. Bailey, claro, também se matriculou lá. Ela tem que proteger seu investimento.

— É por isso que você me tem, gato. — Ela bate no ombro dele. — Agora vamos voltar à lista de convidados. Sim ou não pras Montgomery?

— Você que sabe. Não faz diferença pra mim. — Não quer dizer que vou transar com qualquer uma daquelas garotas. — Pode convidar quem você...

É nessa hora que a vejo.

Capítulo 2

SAVANNAH

TRÊS ANOS ANTES

Quando o Range Rover preto entra no estacionamento da escola, seguro o braço da minha irmã.

— Ai, está machucando — grita ela e se solta da minha mão.

Eu quase caio. Apressadamente, me ajeito.

— Ele está vindo — sussurro, arrumando o cabelo.

Shea puxa a minha mão.

— O que falei hoje cedo? Fica tranquila. As garotas se jogam em cima do Gideon Royal cem vezes por dia. Se você quer se destacar, precisa agir como se ele não existisse pra você, senão vai acabar sendo uma das muitas suplicando por migalhas. — Ela suspira. — Meu Deus, que constrangedor.

— Então vai embora — respondo pelo canto da boca. Ela ficar do meu lado me criticando não está ajudando muito minha autoestima fraca.

— Eu não posso ir embora. Tenho uma reputação pra sustentar e não vou deixar que você me derrube. — Ela encaixa o braço no meu. — Agora, sorria, pra todo mundo pensar que a família Montgomery se ama.

— A gente se ama, sua babaca. Além do mais, quero ficar atrás das câmeras, não na frente — observo, lembrando a ela minhas ambições de direção e escrita.

— Tanto faz. — Mas ela chega mais perto de mim, e o encorajamento mudo diminui minha ansiedade para um nível suportável.

Gideon está dirigindo, como sempre. Reed está com ele hoje, mas não sei quem são os dois no banco de trás.

— Quem está com o Gideon? — pergunto.

— O Três e a namorada dele, Bailey — diz Shea com um sorriso falso enquanto acena para um grupo de garotas à esquerda. Ela beija as bochechas delas sem encostar e abraça algumas delas de leve, nada próximo demais para que as roupas não fiquem amassadas nem a maquiagem manchada.

Mas agora, entendo. Hoje cedo, gastei uma hora passando umas mil camadas. Só meus lábios estão com três cores diferentes. "Degradê está na moda", Shea falou. Vi um vídeo no YouTube repetidamente por cinco horas para conseguir o efeito. Com certo constrangimento, aperto os lábios, o que me faz ganhar uma cutucada na lateral do corpo.

— Você vai estragar o batom — murmura minha irmã.

Abro os lábios.

— Agora você parece um peixe.

Fecho os lábios.

Shea suspira.

— Isso não vai dar certo. Ah, merda.

— O quê? — Olho para meu uniforme. Está manchado? As minhas meias até os joelhos estão tortas?

— Isca à direita. Sorria — ordena ela. — Bom dia, Jo! Tali!

— Shea! — Duas garotas se aproximam, os saltos estalando na calçada.

— Jo! Amei seu casaco. É da... J. Crew? — pergunta Shea, o sorriso falso aumentado.

Tali e eu ofegamos ao ouvir o insulto.

Jo aperta os olhos.

— Você anda passando tanto tempo com as casuais que não reconhece mais uma marca de qualidade? É da Fendi! — Ela segura o pulso da Tali. — Vamos. Não gosto de andar perto da lata de lixo.

Jo sai andando, arrastando Tali atrás.

— O que foi isso? — pergunto. A confusão acabou antes mesmo de começar, e não sei quem saiu por cima.

— Cabeça erguida. Lá vem a vítima — responde Shea. — E isso foi um ato pra te livrar da concorrência. Jo está doida pra tirar a calça do Gideon desde que descobriu o que é um pênis.

— Ah. Há, obrigada... — Pelo jeito, minha irmã venceu. Que batalha estranha.

Ela funga de leve.

— Quer pegar o tubarão? Então tem que se livrar das iscas todas. — Ela balança a mão para cumprimentar o Gideon. — Bom...

Mas uma garota chega aos Royal antes que Shea consiga chamar a atenção do Gideon.

— Ah, Deus, ela não — murmura Shea com desdém.

"Ela não" é Jordan Carrington. Se a Astor Park (ou, como gosto de chamar, Asco Park) é cheia de predadores, Jordan é uma das maiores ameaças que há. Shea me disse que, no segundo dia de aula, Jordan arrumou briga com uma das formandas mais populares, Heather Lange. As duas se agrediram, gritando xingamentos que me deixaram tensa, e eu nem estava lá.

Heather Lange saiu da Astor depois do dia de Ação de Graças e nunca voltou. Aparentemente, o pai dela perdeu o emprego e não conseguiu mais pagar as mensalidades. Não liguei Jordan à saída de Heather, ao menos até o sermão esquisito que meu pai deu em Shea e em mim sobre sermos legais com Jordan Carrington.

"Por quê"?, eu me lembro de perguntar.

"Porque ela é uma pestinha arrogante e vingativa, e o pai come na palma da mão dela."

Desde essa época, Shea passou a fingir que é Deus no céu e Jordan na Terra, então não vai falar nada sobre as roupas, as bolsas ou os sapatos de Jordan. E definitivamente não vai interromper o ataque carnívoro dela aos garotos Royal.

— Bom dia, Gid. Reed — cantarola ela.

— Que vaca. — Shea segura meu pulso e sai me arrastando. — Vamos.

Firmo os pés.

— Não. Por quê?

— Não adianta desafiar a Jordan. Deixa quieto e vamos ver qual Royal ela deixa livre.

— Não. — Eu me solto da mão dela. — Não estou interessada em qualquer Royal. Quero o Gideon.

Shea bate os pés.

— Isso aqui não é um restaurante. Não dá pra entrar e pedir um deles do cardápio.

Eu olho para ela de cara feia.

— Não é isso que a Jordan está fazendo? Decidindo qual Royal ela quer?

— Você não é a Jordan.

— Não sou mesmo, mas não acordei às cinco da manhã e passei duas horas fazendo chapinha no cabelo e passando maquiagem pra desistir antes mesmo de ter a oportunidade de me apresentar. — Cruzo os braços sobre o peito.

Shea solta um suspiro enorme.

— Tudo bem, mas se a Jordan vier atrás de você, eu nem te conheço. — Ela ergue o queixo, puxa o blazer e abre o melhor sorriso já visto.

— Você parece estar no concurso de Miss Bayview.

— Cala a boca e sorri, idiota — diz ela sem mover os lábios. — Eles estão vindo pra cá.

Eu me viro e quase caio. Ela tem razão. Gideon está a poucos metros. Tão perto que consigo admirar a camiseta grudada embaixo da camisa de botão aberta e do blazer do uniforme.

Três está dizendo alguma coisa, e Gideon ri. A lateral da boca está curvada para cima. A namorada do Três bate no braço dele. Gideon esconde a gargalhada levando a mão ao nariz, mas Bailey o ouve rindo e dá um tapa de leve. Gideon a segura e a puxa para debaixo do braço.

— Meu Deus, que sortuda. — Suspiro.

— É — concorda Shea.

Nós duas vemos Três soltar Bailey do braço de Gideon, dizendo alguma coisa fingindo raiva enquanto Gideon levanta as mãos com inocência. O tempo todo, Jordan anda ao lado do grupo, só com Reed dando o mínimo de atenção a ela.

Talvez Jordan não seja concorrência, afinal. Gid não parece nem um pouco interessado nela. Meu Deus, como ele é lindo. Os raios do sol parecem o seguir, criando uma iluminação incrível para o corpo perfeito. Eu poderia ficar olhando para ele todo o…

Uma mancha aparece na minha linha de visão.

— Oi, Shea — diz a mancha. — Quem é essa?

Estico o pescoço em volta da mancha, mas a mancha se move junto. Com a testa franzida, olho para o maxilar quadrado de Aiden Crowley, do último ano, e seus dois seguidores, Debi e Loide.

— É a minha irmã. — Shea joga o cabelo por cima do ombro. — Savannah, este é Aiden Crowley.

— É, eu sei. Prazer. — Estico a mão enquanto ainda tento olhar para o Gideon. Merda, ele vai passar direto por causa desse imbecil do Aiden.

Nem reparo direito quando Aiden segura meus dedos e chega perto de mim.

— Uau. A pequena Savannah Montgomery, toda crescida. Na última vez que te vi, posso jurar que você estava de aparelho e… seu cabelo está diferente?

— É incrível o que uma chapinha e um pouco de maquiagem fazem. — A doçura carregada de veneno pertence a Jordan.

Fico paralisada quando ela para na nossa frente. Ela abre um sorriso assustador cheio de dentes para mim, que só aguento porque o Gideon também parou.

— Pena que fede a caloura — comenta Jordan. — Nem um frasco de perfume bom consegue disfarçar.

— Nós todos já passamos por isso — repreende Bailey.

— Mas Jordan sempre teve cheiro de rosas, né? — diz Aiden.

— *Até parece* — diz Gideon, disfarçando com uma tosse na mão.

Jordan olha de cara feia para Gideon e passa o braço pelo de Aiden.

— Se você diz, Addy.

Addy? Arqueio a sobrancelha para Shea, que me cutuca na lateral de novo. Droga. Como vou ficar com a coluna reta se ela fica fazendo isso? Eu a empurro para o lado de leve, para ninguém reparar.

Uma risada abafada chama minha atenção. Levanto o rosto e vejo Gideon sorrindo para nós.

— Dá pra ver que vocês são parentes — comenta ele. — Me lembra meus irmãos e eu.

— É, bom, é difícil de conviver, mas as mães dizem que não podemos matar os irmãos. — Estico a mão e mexo no cabelo da minha irmã.

— Para. — Ela bate na minha mão e me olha com cara de quem vai me matar.

— É, irmãs mesmo. Irmãos e irmãs não são a melhor coisa do mundo? — Gideon pisca.

Meu coração explode.

— I-íncriveis — gaguejo.

Ao meu lado, Shea geme. Todo mundo sorri. Todo mundo, menos Jordan.

Ela revira os olhos e encaixa o outro braço no de Gideon.

— Vamos, pessoal — diz ela, levando o grupo para longe de nós. — Estou pensando em dar uma festa e queria saber se vocês podem me dar umas dicas do quanto precisamos de bebida. Contei que meu pai está trabalhando com o agente do Kendrick Lamar? Quem sabe a gente consegue que ele venha cantar no Baile de Outono.

Gideon se anima.

— Kendrick Lamar? Seria irado, Jordan.

— Né? As músicas dele são muito interessantes. — O resto da conversa é baixa demais para eu e Shea ouvirmos.

— Ela conhece mesmo o Kendrick Lamar? — me pergunto em voz alta.

— Talvez. Quem sabe? — Shea se vira e ajeita a gola do meu blazer. — Você foi bem quase até o fim. Tente falar frases completas quando estiver perto do Gideon. Ninguém quer sair com uma idiota.

Minhas bochechas ficam quentes.

— Obrigada, Shea.

Ela ignora meu sarcasmo e faz carinho no meu rosto.

— De nada. Vamos entrar.

Nós nos viramos para ir atrás de Jordan e dos Royal. No pé da escada, encontramos Jordan parada sozinha, digitando alguma coisa no celular.

Quero passar direto sem falar nada. Na minha opinião, não há necessidade de cutucar a onça, mas Shea para.

— Ei, Jordan.

Jordan levanta um pouco a cabeça, mas não o suficiente para nos olhar, só para indicar que percebeu nossa presença.

— Shea, manda sua irmã enfiar a língua de volta na boca. Ela estava babando nos sapatos do Giddy.

— Vou passar a mensagem — responde Shea secamente, me puxando para a escada antes que eu possa dizer algum insulto.

— Giddy? — pergunto com incredulidade quando a porta da escola se fecha atrás de nós.

— Dá vontade de vomitar — concorda Shea. — Mas as coisas são assim. Jordan está no topo. Não crie antagonismo com ela, senão você vai se ferrar.

Asco Park está sendo o pesadelo que achei que seria. Passo a mão pelos cachos esticados.

A escola tem algumas centenas de adolescentes das melhores famílias do sul. E por melhores quero dizer as que têm mais dinheiro. Mas, mesmo aqui, existe hierarquia. Tem o dinheiro antigo, de família, cujas origens ninguém gosta de admitir. E tem o dinheiro novo, que muitas vezes também tem origem suja. E tem os alunos com bolsa, que estão tentando arrumar um casamento com gente rica ou criar seu próprio legado horrível. Basicamente, todo mundo aqui está tentando ferrar os outros.

É assim desde o fundamental II. Acho que foi quando comecei a reparar que dava para nos destacar dos outros com base na proximidade da família ao Mayflower e sua tripulação, que colonizou os Estados Unidos.

Shea e eu somos de uma família de novos ricos com dinheiro vindo da indústria e não de terras, como os Royal. Não sobraram muitas famílias com dinheiro antigo, pelo menos não que ainda tenham dinheiro. Acho que é por isso que tantas garotas se empolgam com os cinco irmãos Royal. É uma oportunidade de melhorar a árvore genealógica.

Não é esse o motivo para eu estar apaixonada por Gideon Royal. E também não é por ele ser lindo. Não que o corpo alto, musculoso e o cabelo escuro sejam desagradáveis, mas não é por isso.

É porque Gideon Royal, com toda sua fama de frio, foi gentil comigo em um momento em que eu precisava muito. Nunca vou esquecer aquele momento. Ele roubou meu coração naquela ocasião e sempre vai ser dono dele.

Agora, tenho um ano com ele para descobrir como conquistar o dele.

Capítulo 3

GIDEON

DIAS ATUAIS

As luzes da casa da irmandade começam a sumir uma a uma, como velas sendo apagadas. Levo a lata de cerveja aos lábios. Savannah está em um daqueles quartos, tirando a blusa, escovando os dentes, entrando debaixo da coberta. Ela sempre usava um short e uma regata para dormir. Depois que começamos a namorar, passou a pegar roupas minhas e dizer que eram dela.

Fico pensando no que ela está vestindo agora. Com as roupas de quem vai dormir.

Fico pensando em quantos caras viram as bochechas coradas e os ombros expostos. Quantos passaram o dedo pela pele acima do cós e sentiram o tremor do corpo dela.

O som de metal sendo amassado enche o ar. Meus dedos apertam a lata de cerveja.

— Ela é um fantasma lindo — observa Cal da calçada ao meu lado.

Solto a lata e me sento no meio-fio, ao lado do meu amigo.

— O mais lindo.

Savannah chamou minha atenção no primeiro dia de aula. Mas não foi a aparência dela que a fez se destacar. Foi o prazer mal disfarçado nos olhos. Para ela, cada dia era uma aventura emocionante. Até que a destruí.

— Ela te deu o pé na bunda?

— Mais ou menos isso.

Ele faz um ruído solidário.

— Deve ter sido um término horrível. É por isso que você nunca fica com as garotas daqui?

Isso e o fato de eu ter passado a odiar sexo, mas não quero entrar nesse assunto, nem com o Cal. É mais fácil alegar um coração partido como motivo para eu não estar interessado em ir atrás dos rabos de saia do campus.

— É por isso mesmo — confirmo. Pego outra lata e dou um gole grande.

Ele termina sua bebida antes de pegar outra da caixa que compramos na loja de conveniência da mesma rua.

— Tinha uns boatos de que você é gay.

— Eu sei. — Na faculdade, quem não está pegando garotas o tempo todo é taxado de gay. As pessoas costumam ser binárias assim. — Desculpa te decepcionar.

— Que nada. Eu sempre soube que era mentira. Você nunca olhou pra minha bundinha linda.

— Não é verdade. — Conto as janelas da casa e fico tentando imaginar em qual ela está. — Já reparei bem na sua bunda. As nádegas são desiguais.

— O quê?! — exclama ele. — Não mesmo. — Ele levanta uma nádega do chão para inspecioná-la.

Dou uma risada na cerveja.

— Você malha mais o glúteo esquerdo do que o direito.

— Tenho que ver isso. — Ele se levanta e me entrega o celular. — Tira uma foto minha.

— Sua quer dizer da sua bunda?

Ele enfia a bunda na minha cara.

— É, da minha bunda. — Ele bate na nádega esquerda com uma das mãos enquanto levanta o moletom com a outra. — Não acredito que os lados são de tamanhos diferentes.

— Não vou tirar foto da sua bunda, Cal. — Empurro a bunda dele para longe. Está bloqueando minha visão. Outra luz se apaga.

— Por quê? Eu preciso saber — insiste ele. — Vai ficar na minha cabeça agora.

— Sua calça jeans está atrapalhando. A foto só vai mostrar a calça.

— Tudo bem. — Ele começa a abrir o cinto.

— Meu Deus do céu, Cal. Que porra é essa? — Levanto a mão, seguro a cintura da calça dele e puxo para cima. — A gente não está tão bêbado pra uma merda dessas.

Do outro lado da rua, a porta se abre. Eu e Cal ficamos paralisados. Uma pessoa sai e minha respiração entala na garganta. Quando ela começa a andar, solto o ar. Não é a Savannah. Mesmo no escuro, sei que não é ela.

O ar mudaria se fosse. Minha pele ficaria tensa e seria difícil respirar. As estrelas brilhariam mais intensamente e o céu da noite pareceria menos opressivo.

Não. Não é a Savannah.

É nossa colega de equipe, Julie Kantor.

— Vocês dois podem ir pra debaixo do poste? A gente está tentando filmar esse pornô improvisado, mas a luz está ruim — grita ela enquanto se aproxima.

Cal acena para ela com uma das mãos, a outra ainda segurando a calça.

— Julie! A gente precisa da sua opinião isenta. — Ele se vira e balança a bunda na direção dela. — Os lados da minha bunda têm tamanhos diferentes?

Abro uma cerveja e entrego para ela.

— Se você não responder, ele vai baixar a calça e pedir pra você tirar uma foto.

— Eu que não vou impedir — diz ela com alegria e balança a mão na direção da casa. — Mas, como falei, vão pra luz, pras minhas amigas poderem ver melhor. Não adianta dar um show que ninguém pode ver.

— Sério? — Cal parece confuso por um minuto.

Balanço a cabeça vigorosamente, mas ele está dividido. Julie disse que era para tirar a calça, e ele costuma fazer o que ela manda porque não consegue pensar quando ela está por perto. Os dois deviam namorar. Eles me lembram Três e Bailey.

— Não, querido. — Ela suspira. Senta-se ao meu lado no meio-fio e bate com a mão no chão ao lado. — Sua bunda é linda. Senta aqui.

Ele hesita, mas, previsivelmente, se senta ao lado dela.

— Minha presidente ia chamar a polícia e denunciar a presença de um suspeito rondando a casa, mas eu falei que você já está sofrendo com uma punição cruel e incomum — informa Julie.

— É mesmo? — Eu me inclino para trás e tento decifrar se alguma das formas escuras na janela da frente é a Sav. Merda, o que vou fazer se ela vier mesmo para esta faculdade no ano que vem? Provavelmente montar uma barraca e viver do lado de fora da casa da irmandade.

— Você está aí bebendo com o Cal há meia hora, olhando com saudade pra sombra da sua ex.

Nem tento negar.

— Não consegui descobrir ainda em que quarto ela está, então não estou exatamente olhando para a sombra dela. Você podia me ajudar mostrando qual é o quarto dela...

— Por quê? Você pretende escalar a parede do castelo e encarar o dragão?

— O dragão é a mãe da casa ou a presidente?

— Nenhuma das duas. — Julie ri e toma um gole de cerveja. — É a própria Savannah. Ela estava cuspindo fogo quando saí.

— Estava, é? Gostei. — Minha mão relaxa um pouco na lata de cerveja. Ou talvez seja o aperto no meu peito que ficou mais frouxo.

— Sua ex com raiva te deixa feliz? — pergunta Cal.

— Sav está fria há dois anos. Gostei de saber que ela está com raiva. Quer dizer que ela ainda se importa.

— Não é assim que funciona — protesta meu amigo. — Você tem que deixar a Savannah feliz, não com raiva. Pessoas com raiva vão embora e não voltam. Meus pais se odeiam, e é por isso que se divorciaram. — Ele se vira para a Julie. — Né?

Ela dá de ombros de leve.

— Possivelmente. Pode ser que nosso Gid aqui esteja iludido ou talvez a garota lá dentro que estava reclamando do babaca escroto e metido que chupa o próprio pau ainda goste dele.

Os dois palhaços se olham, dizem "que nada" ao mesmo tempo e caem na gargalhada.

Quando Cal fica sério, ele diz:

— Seria incrível chupar o próprio pau. Acho que eu nunca sairia de casa. Isso me tornaria gay? Ou seria incesto?

Ela revira os olhos, mas passa o braço em volta dele.

— Seria masturbação.

— Ah, é. Boa.

Encosto a testa na beirada da lata de cerveja. Sério, o garoto precisa de alguém que cuide dele.

— Então você e a Savannah tiveram um lance no ensino médio? — pergunta Julie.

— Tivemos.

— Você não faz ideia de quantas garotas lá dentro estão aliviadas de saber disso. Andavam dizendo por aí que você era gay. Se você for bi, pelo menos elas têm chance.

A mão do Cal sobe.

Julie suspira.

— O que foi, Cal?

— Se ele está obcecado com uma garota, como o resto vai ter alguma chance?

É uma boa pergunta. Inclino a cabeça e olho para a Julie enquanto ela responde.

— As outras garotas acham que quando você superar a obsessão, vai ser um bom partido como namorado. Todo mundo lá dentro está suspirando e dizendo como você é romântico e que é o único cara que sabe amar uma garota de verdade. Esse tipo de devoção maluca é raro.

— Fico preocupado com a capacidade de argumentação da sua casa toda se vocês acham que sou alguém que sabe amar. Se soubesse, estaria sentado aqui? — Indico a calçada com um movimento da mão.

— O amor não correspondido é o mais romântico — declara ela.

Por cima da cabeça dela, Cal e eu trocamos olhares confusos.

— Só tem uma pessoa aqui capaz de acabar com a minha obsessão — digo para Julie.

— Não tem anos que vocês dois terminaram? A Savannah falou... — Ela morde o lábio e afasta o olhar.

Seguro o braço dela.

— A Sav disse o quê?

Ela balança a cabeça.

— Não posso. É contra o código das meninas.

— Que baboseira — argumenta Cal. — Nós somos colegas de equipe. A equipe primeiro.

— É — repito. — A equipe primeiro. Lembra que deixamos você botar a trilha sonora de *A pequena sereia* repetidamente durante os treinos da Sexta dos Calouros?

— Nem toca nesse assunto. — Cal geme. — É um chiclete.

— *Eu quero estar onde as sereias estão* — canta Julie, os braços bem abertos. — *Eu quero vê-las nadando e mexendo as suas...* — Ela bate na bochecha, como se tivesse esquecido a palavra. — *Como elas chamam? Ah, barbatanas!*

Cal cobre a boca da Julie com a mão antes que ela cante o resto da letra.

— Não tem cerveja que dê pra noite toda. — Ele se vira para mim. — Rápido. Começa a cantar outra coisa.

— Não. Você me deve essa, Julie — insisto. — O que a Savannah disse?

Ela suspira, mas desiste.

— Ela disse que vocês terminaram anos atrás e que, se alguém da casa te quisesse, podia ficar com você.

É um tapa na cara. Olho para a casa de novo. Ver Savannah no meu território me abalou. Ela não vai mudar de ideia se eu não fizer nada. Quando ela estava na Astor Park Prep e eu, na faculdade, era mais fácil fingir que ela não estava seguindo em frente, que se juntaria a mim aqui e começaríamos nossa vida juntos quando a faculdade acabasse. Mas esta noite revelou umas verdades duras que ando evitando. Sav é uma garota linda, e não vai demorar para ela reencontrar o próprio coração e decidir dar para outra pessoa.

E isso é errado porque o coração dela pertence a mim. Ela me deu quando tinha quinze anos, e não devolvi. Ela precisa saber disso.

— Pega o celular e pede pra ela sair — exijo.

Julie revira os olhos.

— Por que eu faria isso?

— Porque você é uma romântica.

— Não sou.

— Julie, você conta histórias sobre as suas meias, que só podem ser usadas juntas porque o lugar delas é em pares e não podem se misturar com uma meia diferente porque isso perturbaria o equilíbrio do universo.

— Está dizendo que você e Savannah são um par verdadeiro?

Levanto a mão e cruzo o dedo do meio com o indicador.

— Nosso destino é ficar juntos, mas as circunstâncias nos impediram. Obviamente, o fato de ela estar visitando a minha faculdade dentre todas que ela poderia frequentar significa que é o destino. Você quer ser a pessoa que fica no caminho do verdadeiro amor?

Ela suspira e pega o celular.

— O que eu não faço por vocês. — Ela aperta um botão no aparelho. Meu coração dispara. — Ei, Lou, manda a Donzela de Ferro aqui pra fora, por favor. Gideon Royal acabou de dar um decreto.

Eu me levanto e saio andando na direção da porta na hora em que é aberta e uma garota é empurrada para fora. Uma das garotas na porta faz sinal de que a está enxotando e fecha a porta na cara da Sav. Ela dá uma olhada em mim e começa a bater na porta.

— Me deixa entrar! — grita ela. — Tem um cara sinistro aqui!

Cruzo os braços sobre o peito.

— Traidoras. Eu escolheria uma outra casa se fosse você.

Ela me ignora e continua batendo. Felizmente, ninguém lá dentro atende. Duas garotas espiam pela janela. Aceno com simpatia para elas, enquanto Savannah rosna de repulsa. Depois de um minuto de súplicas inúteis, ela se vira para me olhar. A raiva sai em raios pelos olhos. Minha pulsação se acelera um pouco e fica mais forte. Ela está um tesão agora.

Estico a mão na direção dela, mas ela bate com tudo.

Do outro lado da rua, Julie e Cal observam com olhos arregalados, impressionados.

— Dá um chute nas bolas dele — grita Julie.

— Nãããooo! — grita Cal, tentando cobrir suas bolas e a boca da Julie ao mesmo tempo.

— A gente pode fazer isso na frente da plateia ou em outro lugar. — Olho para o outro lado da rua.

— Deltas idiotas. — Ela chuta o corrimão de metal. Olha com raiva para mim de novo, mas é inteligente o bastante para saber que tem poucas opções. — Onde, então?

No meu quarto? Numa ilha particular? Em Marte? Em algum lugar onde só estejamos nós dois? Ela não vai topar isso.

— Tem o café Bean. — Faço sinal com a cabeça para trás dela. — Fica aberto vinte e quatro horas. — É decepção que vejo nos olhos dela? Levanto as sobrancelhas. — Ou a gente pode ir pra minha casa.

Ela enfia as mãos nos bolsos do moletom.

— Pode ser no Bean.

Sav sai andando rapidamente pela calçada. Acho que o arrependimento foi coisa da minha cabeça.

Eu a alcanço em poucos passos e seguro o pulso dela para virá-la na direção certa.

— O Bean fica pra cá. — Aponto na direção oposta.

— Certo. — Ela se solta e tenta botar o máximo de distância possível entre nós na calçada, chegando ao ponto de andar na grama. Enfio as mãos nos bolsos para não ceder à vontade de segurá-la.

— A que outras casas você foi hoje? — pergunto, fingindo que estou conversando casualmente. Todas as fraternidades estavam fazendo festas de fim de ano.

Ela cita algumas, e faço cara feia. Havia centenas de caras famintos a cada parada.

— Fui a algumas dessas. Não te vi. — Eu tinha começado uma busca de casa em casa, mas não voltei a encontrá-la e acabei acampando na frente da casa da irmandade onde tinha ouvido que ela ia ficar. Acabou sendo um bom plano. Vou encarar como um sinal positivo.

— Não fiquei muito tempo. — Ela fica em silêncio.

— O que você disse pra Julie pra fazer com que elas me expulsassem?

— A verdade.

— Qual? Que você me traiu? Que mentiu pra mim? Que me usou?

— Que você é meu verdadeiro amor.

Ela para de repente e se vira para me olhar. Eu também paro. Ela move a mão e me dá um tapa forte na cara. Levanto a minha e aninho a bochecha.

— Não vou pedir desculpas — diz ela, furiosa.

Um sorriso lento se abre no meu rosto. Está doendo, mas é a primeira vez que me sinto vivo em anos. Ela pode me odiar, mas, Deus, isso quer dizer que tem amor do outro lado dessa linha tênue.

Massageio a bochecha.

— Que bom ter você de volta, gata.

Capítulo 4

GIDEON

TRÊS ANOS ANTES

— Retiro o que falei. Pode convidar as Montgomery. — Olho pelo corredor, desejando outro vislumbre de Savannah. Mas ela não está lá, porque sou formando e ela está no primeiro ano, o que quer dizer que a área de armários dela fica do outro lado do prédio.

— Você acabou de falar que não queria nada com gente que anda com a Jordan Carrington — lembra Bailey.

— E nem quero, mesmo.

Ela franze a testa sem entender.

— Então por quê... — Ela para de falar. — Você está falando da Savannah? Ela não é meio nova pra você?

— As novinhas são as melhores — diz Três, segurando meu ombro e me sacudindo com força. Ele não conhece a própria força. — Dá pra treinar. Dizer que você só quer se encontrar com ela no fim de semana, e só se não tiver outros planos. Além disso, nada de mensagens durante os jogos de Tar Heel.

Bailey para, cruza os braços e fuzila Três com os olhos. Ele demora uns perigosos segundos para perceber o que falou. Quando as palavras descuidadas são assimiladas, junto com a expressão de irritação da namorada, seus olhos ficam comicamente arregalados.

Ele levanta as duas mãos na frente do peito em um gesto suplicante de inocência ou estupidez. No caso do Três, provavelmente as duas coisas.

— Não estou falando de você, minha linda. Amo passar meu tempo com você — declara ele. Mas acaba cavando mais a cova. — Gosto de garotas experientes.

— Experientes? — grita ela. — Você está me chamando de soltinha, Hamilton Marshall III? — Ela bate nele com a bolsa.

— Não. Não. Não. Você não é soltinha. É apertadinha. Muito.

Ao nosso redor, há ofegos de choque. Bailey fica vermelha como uma beterraba, e Três parece querer morrer. Eu me encosto no armário e observo o show, achando graça.

Três se vira, insere o código do armário da Bailey e tira os livros das aulas dela da manhã.

— Vou pegar seus livros e te levar até a sala de aula, amor.

Bailey não quer nem saber. Ela arranca os livros dos braços dele.

— Não é fim de semana, *amor*, então não precisamos ficar juntos. — Ela se solta dele e sai andando.

Três vai atrás dela.

— Bailey. Desculpa! Você sabe que eu te amo.

Ela entra na sala de aula e deixa Três parado no corredor com os ombros murchos.

Rejeitado, ele volta até mim.

— Gid — diz ele. — Por que você não me dá um soco na boca quando vou dizer besteiras assim?

— Porque minha mão ia ficar dolorida.

— Por causa de um soco?

— Porque você diz besteiras assim o dia todo.

Três faz uma careta. Passo o braço pelo ombro dele e o levo até nossa sala. Nosso primeiro tempo é para estudos, o que é ótimo, porque não sou uma pessoa matinal.

— Não se preocupa, cara. Ela vai estar no seu colo até a hora do almoço.

— Eu tenho o segundo e o terceiro tempo com ela — geme ele. — Ela vai me olhar de cara feia o tempo todo.

— Melhor te olhar de cara feia do que não falar com você.

— Receber gelo é pior — concorda ele. — Você está falando sério sobre essa tal de Savannah? Deixando as brincadeiras de lado, ela é nova. Se você for atrás dela, ela vai virar alvo.

— Do quê?

— Dos caras que vão querer dizer que comeram ela primeiro. De garotas que vão ficar com ciúme da sua atenção. Você sabe como as coisas são aqui. — Ele abre os braços. — Cobras à direita. Urubus à esquerda.

— Qual predador nós somos?

— Cobras?

— Prefiro os urubus. Pelo menos estamos no ar.

— Está vendo. Até você quer estar por cima.

Dou um suspiro.

— Quando sair com alguém ficou tão complicado?

— Fica no seu território — aconselha ele quando chegamos na sala. — Não faz sentido arrastar uma coitada de uma novinha pra arena, principalmente se não for pra coisa séria.

Na sala de aula, cumprimentamos alguns colegas e deixamos nossas coisas na mesa do canto, onde Dane Lovett já está acomodado. Os livros dele estão abertos, mas ele está ocupado trocando mensagens com alguém.

— Estou pensando em dar uma festa hoje. Tipo de volta às aulas — diz, sem olhar para nós.

— Ah, não, nós vamos no Rinaldi's — diz Três.

— Chato — responde Dane.

— Quem você vai convidar? — pergunto, os pensamentos se voltando para Savannah Montgomery. Os olhos grandes dela estão grudados na minha mente. Não sei se já vi alguém me olhar com adoração tão óbvia. Foi... encantador.

— As pessoas de sempre. — Ele cita uma série de nomes.

— Você devia convidar as Montgomery.

Três levanta as sobrancelhas, me perguntando se estou falando sério. Dou de ombros. Não sei, mas gostaria de ver Savannah de novo.

— Shea? — Dane pergunta. — Claro. — Ele começa a digitar alguma coisa e me olha de novo. — Espera. As Montgomery, no plural? Tem mais de uma?

— Tem uma irmã — diz Três.

Dane faz uma careta.

— A irmã da Shea não está no fundamental?

— Não. Está no primeiro ano. Hoje é o primeiro dia dela aqui.

A expressão de Dane se ilumina.

— Ah, legal. Carne nova. Adoro. — Ele mostra a língua e pisca.

Três faz um gesto de corte no pescoço, mas Dane não vê. Está ocupado demais digitando.

— A melhor coisa é pegar a garota logo, com ela ansiosa — continua ele. — Assim, elas não têm nenhuma expectativa, e a gente pode fazer o que quiser. — Ele olha para mim. — Como é mesmo o nome da irmã?

Coloco a mão na tela dele.

— Ela não é pro seu bico.

Dane fica tenso.

— Como é?

Agora, é a vez do Três cruzar os braços e me observar, achando graça. E não ligo. A decisão está tomada. Estou falando sério, porque a ideia do Dane botando as mãos sujas na Savannah não me faz bem. Nem um pouco.

— Ela não é pro seu bico. — Tiro o celular da mão dele e coloco na mesa. — Arruma outra garota. Savannah Montgomery não está disponível.

— Desde quando?

— Desde agora.

— Você? — Ele inclina a cabeça sem acreditar. — Você já ficou com alguma garota mais nova? Achei que gostava das universitárias porque elas sabiam o que faziam e tinham menos chance de se apegar.

Passo o dedo pelo nariz. Isso tem cara mesmo de algo que falei.

Três bate nas costas da minha cadeira.

— Além do mais, menos de meia hora atrás ele estava dizendo que ia ser um monge no último ano porque não queria saber de choradeira quando chegar a hora de ir embora.

Dane me observa por um segundo e pega o celular de novo, chegando à conclusão de que eu não estou falando sério.

— Você está dentro da festa de hoje ou não?

— Não.

— Por quê? Acabei de mandar mensagem pra cinco pessoas dizendo que você ia.

— A gente vai se encontrar no Rinaldi's — Três lembra a ele.

— Vão depois, então. A festa vai estar começando.

— Vou falar com a Bailey — diz Três.

— Você tem que falar com a Bailey antes de cagar? — resmunga Dane.

Seguro o braço do Três antes de ele dar um soco na cabeça abaixada do Dane. Nosso amigo voltou a mandar mensagens.

— O que essa tal Savannah tem que você gostou tanto? — resmunga ele enquanto os dedos voam sobre o teclado. — Se ela é irmã da Shea, deve ser fria e manipuladora pra cacete.

Estico as pernas, cruzo os braços atrás da cabeça e fecho os olhos para visualizar o rosto de Savannah. Não havia nada de sinistro nela. Ao menos quando ela olhou para mim.

* * *

Tem tantos carros parados em volta da casa do Dane que é quase impossível chegar na porta de entrada.

— Para logo na grama — resmunga Bailey. — Não quero andar. — Ela estica o pé entre os bancos. — Estou usando sapatos Louboutin salto dez. As solas vão ficar arranhadas.

— Eu te carrego, amor — oferece Três.

Manobro pela entrada de carros e estaciono o Range Rover na grama. Três pula para fora e corre para o lado da Bailey. Não pergunto por que ela está com sapatos que não podem ser usados para caminhar porque a resposta vai ser que o Três gosta. Essa é a resposta dela desde que eles começaram a namorar. Apesar de ela mandar no relacionamento, o motivo é que está cem por cento comprometida em fazê-lo feliz.

Ele a tira do carro, as pernas caídas por cima de um braço e o corpo aninhado no outro.

— Porra, gata, você está muito gostosa agora. Quero você todinha.

Ele encosta o nariz no pescoço dela, que dá um gritinho de apreciação. O som gera uma dor estranha no meu peito. Enfio as mãos fechadas nos bolsos da calça jeans e ando para o portão dos fundos. Estamos no começo do outono, o que quer dizer que qualquer festa do Dane vai ser na piscina.

De fato, tem um grupo de umas cem pessoas no quintal. Bato em algumas mãos, costas e bundas quando percorro a multidão.

— Coca ou Sprite? — Dane enfia duas garrafas na minha mão.

Faço uma careta.

— Não tem cerveja?

— Só drinques hoje. Foi mal.

— Sprite, então. — Coca significa rum e não gosto de bebidas doces. Entrego a garrafa de Coca para Bailey, atrás de mim. Olho os rostos e marco os que conheço até encontrar a garota que vim ver. Ela ainda não reparou em mim; está ocupada conversando com um cara que não conheço. Na verdade, tem vários cuecas em volta dela.

Lanço um olhar de acusação para o Dane.

— Você por acaso mencionou meu interesse em Savannah? Ele dá de ombros.

— Sei lá. Pode ter escapado.

— Claro que escapou. — Babaca.

— Olha, o terceiro ano vai ser um saco. Qual é o problema de criarmos nossa própria diversão? — Ele passa o braço pelo meu ombro.

— Você tem uns hobbies bem escrotinhos, Dane.

— Eu sei. E estou velho demais pra mudar.

Eu me solto do braço dele e piso em alguns pés no caminho até Savannah, Shea e a cobra, Jordan. Tem umas outras garotas lá, mas nem quero tentar lembrar os nomes delas.

Leighton Park está na ponta da espreguiçadeira onde Savannah e Shea se sentaram. Bato no ombro dele. Ele aperta os olhos para mim, um baseado pendurado no canto da boca.

— Sai — ordeno.

Ele pisca algumas vezes antes de tragar.

— Está ótimo aqui. — Ele bate na almofada e coloca a mão perigosamente próxima da bunda da Savannah. — A vista está bonita.

Contraio o maxilar.

Atrás de mim, sinto os olhares de metade da minha turma. Querem um show, é? Quem sou eu para negar isso.

Puxo o baseado do Leighton da boca e jogo na piscina. Isso faz com que ele tire a bunda da cadeira.

— Seu babaca! — grita ele e, como um imbecil, pula na piscina atrás da maconha.

— Ele já está muito chapado? — pergunto às garotas.

Todas dão de ombros, menos Savannah, que responde:

— Acabou de acender.

Faço sinal para o Dane se aproximar.

— Pode dar isso pra ele quando ele sair da piscina.

Entrego o baseado ainda aceso que fingi jogar na água e me sento no local que Leighton acabou de liberar.

As garotas me olham com desconfiança, mas, de novo, só Savannah tem colhão, não, peito de dizer alguma coisa.

— Isso tudo porque você queria se sentar no lugar do Leighton? Eu podia ter saído.

Shea bate com a mão no próprio rosto pela burrice da irmã, e Jordan ri com desprezo.

— É por isso que quem é dos anos inferiores não devia se misturar com a gente. Vocês são tão burros que nem deviam estar vivos.

Savannah baixa a cabeça com constrangimento. Meu Deus, Jordan é uma víbora.

Estou prestes a pegar a mão da Savannah e levá-la para longe, mas as palavras do Três voltam à minha mente. Ele me disse que focar aquela garota a tornaria alvo e estava certo. Os caras já estavam em cima dela quando cheguei, e Jordan está preparando um buraco para jogar Savannah dentro.

Pular fora não é da minha natureza. Sou Gideon Royal, herdeiro de uma fortuna enorme. Estou acostumado a ter o que quero quando quero.

Mas talvez só desta vez eu deva pedir permissão primeiro. Apesar da idade, Savannah cresceu neste mundo. Deve saber que as pessoas são predadores ou presas. Por isso, resolvo deixar que ela tome a decisão.

Sorrio para ela e estico a mão com a palma virada para cima.

— Já estou cansado deste lugar. Quer dar uma volta?

Capítulo 5

※

SAVANNAH

DIAS ATUAIS

— Você pegou a mão dele? — pergunta Kira da penteadeira dela, onde está passando creme noturno no rosto. As orelhas de coelho na faixa de cabelo balançam quando ela fala. Isso me faz sorrir.

— Claro que pegou. Ela não estaria chorando se tivesse recusado. — Jisoo pega um pouco de creme do pote antes de me entregar.

Pego o potinho com a mão e passo as costas da outra pelas bochechas. Apesar da Jisoo ter dito que eu estou chorando, só percebo quando minha mão sai molhada.

— Eu peguei a mão dele — confirmo. Rapidamente, abro o pote e começo a espalhar creme no rosto inchado. Odeio o fato de ele ainda me afetar assim.

Depois que dei um tapa no Gideon e saí correndo, duas das minhas futuras irmãs estavam esperando na porta. Elas deram uma olhada no meu rosto abalado e me arrastaram até o terceiro andar.

Quando chegamos lá em cima, Kira serviu três taças de vinho, Jisoo pegou um kit de beleza e as duas me perturbaram até eu começar a falar. Jisoo disse que confessar é bom para a alma. Talvez seja. Estou me sentindo melhor agora do que quando o vi na festa pela primeira vez.

— Se você pudesse voltar, faria tudo de novo? — pergunta Jisoo.

Respiro fundo e tento agir como se não fosse mais chorar por Gideon Royal.

— Que coragem você tem.

— *A sorte favorece os ousados* — diz ele.

Fecho os dedos sobre as palmas das mãos.

— Meus sentimentos são brincadeira pra você? Você se tornou um merda tão depravado que fica feliz em me deixar infeliz?

Ele levanta a mão como se fosse tirar o cabelo do meu rosto, mas saio do alcance dele. A mão dele fica parada no ar e ele a abaixa de novo.

— *Não. Nunca fiquei feliz com isso. Cada vez que você ficava triste, eu ficava triste. Cada vez que você chorava, eu chorava. Cheguei ao ponto de não conseguir mais aguentar a dor e me fechei. Como você.*

— *Não se faça de vítima aqui, Gideon. O problema nunca fui eu. Seus sentimentos sempre vieram primeiro. O problema de vocês, Royal, é que acreditam que suas dores e suas perdas e seus traumas são muito mais importantes do que os do resto do mundo. Como se ninguém entendesse como é ser vocês.* — Fecho os olhos com repulsa. — *Se você parasse de pensar por um minuto que o mundo gira ao seu redor, talvez não agisse como age.*

— Penso em você todos os minutos do dia. Todos os minutos do maldito dia. O que preciso fazer pra você me perdoar?

— Nada — Tudo. — Não quero mais você. Sim, ainda estou com raiva. Sim, ainda dói. Mas nada disso me faz querer estar com você de novo. Não sou mais a garota boba que se apaixonou por você três anos atrás. Não a espere, porque ela não vai voltar.

Ele balança a cabeça.

— Não. Ela nunca foi embora. Ainda está aí. Eu te abandonei antes. Sei disso. Fui responsável por muita tristeza de nós dois, mas acabou agora. Não vou mais fugir. Não vou mais embora.

— Mas não acabou de me magoar — digo com ressentimento.

— Então por que você veio aqui?

— Esse sempre foi meu plano, Gid. Você sabe disso. Nós conversamos sobre esta faculdade ser a melhor do estado pra estudar Teatro e Cinema. Não vou deixar uma coisinha pequena como um ex me afastar dos meus sonhos.

Ele assente.

— Tudo bem. A gente se vê por aí.

Ele enfia as mãos nos bolsos e se vira para ir embora.

— Só isso? — pergunto com incredulidade. — Você fez minha futura irmandade me botar pra fora pra poder me abandonar na calçada?

— Estou fazendo uma retirada estratégica. Além do mais, você não me odiava? — Ele dá um aceno alegre. — A gente se vê, Selvagem.

Meu apelido nos lábios dele enche meu coração idiota de saudade. A palma da minha mão arde, não por estar doendo, mas porque quero bater nele de novo e de novo e de novo.

— Eu queria poder dizer que teria recusado, mas acho que não conseguiria. Olha só pra mim agora. Fui com ele. Deixei que ele me afetasse. — Eu me deito na cama.

— Ah. Nós todas temos garotos que nos fazem de boba — diz Kira.

Jisoo assente.

— Durante o semestre de primavera do meu primeiro ano, fiquei doida por um cara da minha turma de Literatura. Ele tinha cabelo comprido e uns olhos verdes lindos. Descobri que tocava numa banda. Fiz Kira dirigir até o centro, onde ficava o estúdio em que ele ensaiava, mas não entrei. Fiquei sentada no carro tirando fotos bizarras de *stalker* com o celular.

— Eu entrei em um time de *flag football* de salão com os Sigmas porque gostava muito de um cara, e olha que odeio esportes — diz Kira.

— Isso me deixa um pouco melhor — admito, contrariada.

— As garotas do ensino médio foram cruéis mesmo com você? — pergunta Kira, se sentando ao meu lado na cama.

— Algumas. Outras sentiam inveja. Elas botavam lixo no meu armário. As pessoas que queriam puxar o saco do Gideon limpavam. Era difícil ter amigos, porque eu não sabia quem me odiava e quem gostava de mim. Mas não importava, porque eu tinha ele. E, por um tempo, fomos muito felizes.

Jisoo para de massagear o rosto.

— E quando foi que tudo deu errado?

— Quando a mãe dele morreu.

* * *

TRÊS ANOS ANTES

Olho para o rosto concentrado do Gideon. Ele passou os últimos dez minutos olhando pela janela. Chamei o nome dele duas vezes, mas desisti. Ele está assim há duas semanas. Shea me disse para não pressionar. Os homens não gostam de falar sobre sentimentos.

Coloco a colher ao lado da tigela de sorvete pela metade e pego o celular.

Cadê você?, escrevo para Shea.

Onde você acha? Na casa da bruxa. Estamos dando uma festa. Está muito divertido.

Ela ilustra a mensagem com o emoji revirando os olhos, para o caso de eu não ter percebido o sarcasmo vazando de cada palavra.

Gid tá no mundo da lua de novo.

Nem fala nada. Se ele quiser te contar, vai contar. Não faz pressão, senão ele foge. Fica tranquila, Sav.
Eu tô tranquila!!!
Não me vem com !!! Se não quer meus conselhos, não precisa seguir. Reed tá aqui. Meu Deus, eu odeio esses Royal. Td mundo fica puxando o saco dele. Odeio vc estar namorando um. Já é bem ruim eu ter que andar com a bruxa.

Abro um sorrisinho. Shea deve ser a única garota da Astor que não está apaixonada por pelo menos um dos irmãos Royal.

— Qual é a graça?

Vejo Gideon me olhando. Viro a tela para ele, para que veja que estou conversando com a Shea.

— Minha irmã está na casa da Jordan. Disse que seu irmão está lá. Quer ir?

— Você quer? — Ele bate na minha tigela. — Ou quer o resto do sorvete?

A última coisa que quero é ir para a casa da Jordan. Mas abro um sorriso, porque Shea diz que faço tudo que Gideon quer. Faz sentido. Ele é formando. Eu só estou no primeiro ano. Dois meses de namoro e ainda fico tonta, sem acreditar. Minha pele está roxa de tanto que me belisco.

— Eu topo o que você quiser.

A expressão dele fica paralisada por um momento, como se eu o tivesse decepcionado, mas ele abre o sorriso lindo, e acho que devo ter imaginado coisas. Ele enfia a mão no bolso e pega uma pilha de dinheiro.

— Vamos pra casa dos Carrington, então.

Ele estica o braço e faz sinal para eu ir na frente até a porta. Pego a bolsa e dou um passo. Mas sou tomada de um ímpeto de coragem e paro.

— O que foi? — pergunta ele. — Ainda está com fome? Achei que você tinha acabado.

— Acho que a pergunta é: você acabou? — Não tenho coragem suficiente pra encará-lo, mas pelo menos falo.

Com o canto do olho, eu o vejo olhar para a sobremesa pela metade.

— Acabei. Comi muito no jantar.

Eu me desanimo na mesma hora com a interpretação dele e começo a andar para a porta de novo. Foi deliberado? Ele está fugindo da resposta ou achou mesmo que eu estava falando do sorvete derretendo?

Há um vazio entre nós. Por mais próximos que estejamos fisicamente, continua havendo um vazio, e não sei como eliminá-lo.

Ou talvez a verdade seja que estou com receio de me aproximar por medo de ser rejeitada. Passo a mão pelo cabelo e jogo as pontas por cima do ombro. Não é por isso que passo horas todas as manhãs me arrumando? Se Gideon visse a verdadeira eu, com cabelo ondulado, sem maquiagem e emocionalmente carente, daria no pé correndo.

— Você está linda hoje — comenta ele quando chegamos à porta.

— Obrigada.

Ele ri.

— Tão formal. Estamos no country clube? — Ele passa o braço no meu ombro.

— O que você quer que eu diga? Eu sei?

— Por que não? — Ele se inclina e passa o nariz pelo meu cabelo. O ar de outono está frio, mas não é o tempo que faz um arrepio descer pela minha coluna. — Seria a verdade.

Minhas pálpebras se fecham. Para ter esses momentos, vale a pena engolir minha insegurança.

— Ei, Gideon! — Uma voz aguda corta o ar. A voz pertence a uma loura bem bonita que me parece vagamente familiar. Acho que é do último ano.

O pulso dela carrega o peso de três pulseiras douradas que tilintam quando ela acena para nós. Não, para o Gideon.

— Ei, Rhiannon — diz Gideon.

— Tem uma festa na casa da Jordan. Você devia ir.

Eu não havia percebido que tinha parado de andar.

Rhiannon desvia o olhar para mim e volta a atenção para Gideon.

— Quando você largar o jardim de infância, me procura.

Talvez eu não possa ser aberta com Gideon, mas no pouco tempo que estamos namorando, aprendi que tenho que me impor com as outras garotas, senão elas fingem que eu não existo. E aprendi que reagir diverte o Gideon.

Por isso, abro um sorriso para ela e digo:

— Se ele quisesse você, não estaria ao meu lado.

Rhiannon faz uma expressão de desprezo.

— Por favor, garota. O único motivo pra ele estar com você é que você faz o que ele quer. Algumas de nós têm limites.

— É mesmo? — respondo. — Porque quem está mendigando pela atenção dele é você. Sinto pena. Melhor você ir caçar um cara que não esteja comprometido. Pode ser que dê mais certo.

Seguro a mão do Gideon e o puxo na direção do Range Rover dele.

— Selvagem, Savannah — sussurra ele quando abre a porta do carro.

Minhas bochechas estão quentes, mas me sinto eufórica. O celular do Gideon toca quando me sento.

— É a minha mãe — diz ele, e levanta o dedo para indicar que devo esperar. Ele atende. — Alô. Não tem mais ninguém em casa? — Ele escuta. — Posso ir. Savannah está comigo. A gente está indo.

Faço que sim com avidez. Nunca fui à casa do Gideon e estou doida para conhecer.

— Ah. Não, acho que não. — Ele faz uma careta. — Tudo bem, eu deixo ela em casa e vou.

O sentimento de decepção substitui a expectativa, mas disfarço com um sorriso preocupado.

— Está tudo bem?

— Está.

Não é uma resposta convincente. No caminho até a minha casa, ele fica daquele jeito silencioso e emburrado. O vazio entre nós aumenta.

Reviro as mãos no colo.

— Sua mãe não gosta de mim, né?

— Por que você diz isso?

Não é uma negativa.

— Sou eu? Ela ouviu alguma coisa sobre mim?

Gideon balança a mão.

— Não é nada. Não se preocupe.

— Acho que, se ela...

— Savannah — interrompe ele. — Não é nada de mais.

Mordo o lábio e fixo o olhar na janela.

— Desculpa. — Gideon suspira. — Não é mesmo nada. Não importa se ela gosta de você. Ela está tendo uns problemas ultimamente. — Mas tem uma rigidez no corpo dele que se parece muito com rejeição.

— Sei.

Percorremos mais um quilômetro, e ele entra numa rua, só que pelo caminho errado. Bato na mão dele.

— Hum, você entrou errado.

— Eu sei.

— Pra onde a gente está indo?

— Pra minha casa. Vou ver minha mãe e a gente pode assistir a um filme no meu quarto. Que tal?

— Perfeito. — Tenho uma sensação de euforia. Quero juntar as mãos no peito, mas resisto. Fico mais ereta e ajeito o cabelo. Queria ter uma chapinha portátil. Meu cabelo liso me dá confiança.

— Você está ótima — garante Gideon.

Ótima? Quero estar maravilhosa. A não ser que Maria Royal não goste de maravilhosa. Nesse caso, quero estar ótima.

— Obrigada.

Ele solta a minha mão para apertar um botão e o portão à frente se abre lentamente. O carro segue o caminho pouco iluminado. Tem uma fileira de avencas de cada lado. Os Royal têm dinheiro. Quer dizer, minha família é rica, mas não como os Royal. Nós viajamos na classe executiva. Os Royal nem pegam voos comerciais, eles têm avião próprio. Os carros todos têm o logotipo da empresa do pai nos assentos de couro personalizados. Gideon usa um relógio que custa o preço do carro.

Na metade do tempo, acho que é o dinheiro, além da aparência, que atrai as garotas como abelhas para o mel.

A mansão deles é enorme. Poderia abrigar três famílias. Por outro lado, ele tem quatro irmãos. Talvez precisem do espaço.

Ele para o Rover na frente da escada de entrada. Quando nos aproximamos da casa, Gideon anda mais devagar. Ele hesita, como se estivesse se perguntando se cometeu um erro, mas acaba abrindo a porta.

A entrada é de mármore polido e tem uma escadaria grandiosa depois de uma mesa circular cheia de flores frescas.

— Mãe? — chama ele.

Um movimento rápido de passos à esquerda chama nossa atenção. Reed, um dos irmãos do Gideon, aparece. Ele para abruptamente quando nos vê.

— Por que ela está aqui? — pergunta ele.

Eu me encolho atrás de Gideon.

— Por que você está aqui? — pergunta Gideon. — Achei que estivesse na casa da Jordan.

— A mamãe ligou e eu voltei pra casa. — Reed faz uma cara feia para mim. — Por que ela está aqui?

Gideon também faz cara feia.

— Ela veio comigo.

— Ela não pode ficar aqui.

Reed joga uma coisa para mim. Pego por reflexo. É um chaveiro.

— Vai pra casa, Savannah — diz ele. — Pode ir com meu Rover. Vai.

Meu queixo cai.

— Mas...

Gideon tira as chaves da minha mão. Por um segundo, acho que é por ele estar tão perplexo com o comportamento do Reed quanto eu, mas me engano. Ele troca a chave do Reed pela dele.

— Vai com o meu. Pego na escola amanhã.

Olho para ele, boquiaberta.

— Gideon...

Gideon troca um olhar rápido com Reed. E me empurra para trás.

Antes que eu perceba, estou do lado de fora, olhando para a porta. Gideon não me defendeu. Não disse que era para eu ficar. Não disse para o irmão que ele estava passando dos limites ao me mandar ir embora. Só me deu a chave do carro dele e me empurrou para a porta.

Fico olhando, atordoada, por um minuto inteiro antes de finalmente entrar no Rover de Gideon e ir embora.

Capítulo 6

GIDEON

TRÊS ANOS ANTES

— Desculpa — diz Reed assim que fecho a porta na cara da Savannah.

— Qual é a emergência? — pergunto laconicamente. Depois disso, vou ter sorte se Sav voltar a falar comigo e, mais ainda, me deixar botar um dedo no corpo perfeito que tem.

— A mamãe. O que mais? Mantive os gêmeos longe dela, mas Easton voltou pra casa.

— Ah, bosta. — Mas não é mais do que eu esperava quando atendi à ligação do meu irmão. — Cadê eles?

— Na suíte da mamãe. Ela encurralou os gêmeos na sala de televisão, mas Easton conseguiu fazer com que ela subisse. Posso ir cuidar dela se você quiser ir ver os gêmeos — oferece ele.

— Deixa comigo. — Eu o empurro na direção da nossa ala, que é onde suponho que os gêmeos estejam. Meus irmãozinhos não precisam dessa merda. Porra, nenhum de nós precisa, mas Reed e eu somos os mais velhos. Estamos aqui para proteger os outros, já que nosso pai nos esqueceu. Falando em pai ausente, pergunto: — Ligou para o papai?

— Claro. Tio Steve atendeu e disse que o papai estava numa "reunião". — Reed faz um sinal de aspas com os dedos.

— Saquei. — Em outras palavras, meu pai estava comendo uma prostituta e não podia atender. Subo a escada dois degraus de cada vez. Talvez eu consiga resolver em trinta minutos e ir até a casa da Sav. Podemos ver um filme lá. Ou eu posso ir com ela a algum lugar. Sei por instinto que, quanto menos tempo passar, mais chance de que ela me perdoe.

Tenho uma sensação ruim quando chego no alto da escada. Dá para ouvir o choro da minha mãe do corredor. Paro em frente à porta dupla e respiro fundo antes de entrar. Encontro minha mãe de costas para mim, sentada no sofá na frente das portas de vidro da varanda. Estão abertas, e o quarto está gelado. Uma observação rápida revela duas garrafas de vinho vazias na cômoda. Atravesso o quarto e encontro Easton sentado no chão, aos pés dela. Tem outra garrafa entre as pernas dele, mas não é a bebida que me preocupa. É a imobilidade dele, nada característica. Suponho que esteja chapado.

— Gideon, querido — diz minha mãe, chorando. Ela levanta uma taça de vinho pela metade na minha direção. — Você chegou.

— Cheguei — digo, pegando a taça antes que ela derrame o que tem dentro na cabeça inclinada do meu irmão.

— Não feche as portas — diz ela quando empurro a cortina fina para procurar a maçaneta. — Está abafado aqui.

— Você vai pegar um resfriado — respondo e fecho as portas mesmo assim.

Ela faz beicinho.

— Easton e eu estávamos apreciando o som do mar. É tão calmante, você não acha?

Não sei para quem ela está perguntando, mas Easton está chapado demais para responder. Viro o queixo dele para cima e dou uma boa olhada no rosto. As pupilas estão grandes como moedas.

— Vou botar uma música pra você. — Pego o controle do quarto e ligo uma música calma.

— Quero ouvir o mar — resmunga ela. — De verdade. Não sons falsos. Não quero nada falso aqui.

Eu a ignoro, volto até o sofá e me agacho ao lado do Easton.

— Você está bem?

Ele vira a cabeça na minha direção e abre um sorriso breve e torto.

— E aí, mano?

Meu coração se aperta. Isto é errado.

— Me dá um segundo e vou te tirar daqui.

Os olhos vidrados não registram quase nada.

— Mãe, o Easton precisa ir — digo para ela.

— Mas não quero ficar sozinha. — Os dedos finos envolvem meu pulso. Eu poderia me soltar com facilidade, mas a fragilidade dela me segura com mais força do que qualquer corda.

Nos meses anteriores, ela começou a piorar. Beber mais, tomar mais comprimidos. Enquanto isso, meu pai vive fora, fazendo ninguém sabe o quê, nos deixando para cuidar da mamãe. Com cuidado, solto a mão dela.

— Eu sei. Vou ficar aqui. — O que quer dizer não ver Sav naquela noite.

— Nós todos vamos ficar. Eu, você e o querido Easton. — Ela apoia a mão na cabeça do Easton. Ele se encolhe de leve.

— Ele tem dever de casa. — Ela valoriza a escola e odeia quando a gente mata aula. Ou odiava, antes de se perder dentro da própria cabeça. Sem esperar a resposta dela, puxo Easton para que fique de pé. Ele está ganhando músculos no corpo magro e não é tão fácil puxá-lo como era um ano antes.

— Vem, maninho.

O agradecimento baixo murmurado se mistura com os protestos também baixos da minha mãe. Com um dos braços dele nos meus ombros, eu o tiro do quarto dela e levo para o dele. Está uma zona. Tem roupas e livros no chão. A porta do frigobar está aberta e a televisão está no volume máximo.

— Porra, que alto. — Ele coloca a mão sobre uma orelha.

Coloco o garoto na cama e vou até a televisão para desligá-la manualmente. Não tenho ideia de onde o controle remoto esteja escondido. Tiro os sapatos do Easton e depois a roupa. Ele está tão chapado que nem reage. Ainda bem. Eu o coloco embaixo das cobertas e saio do quarto dele.

No corredor que separa os quartos dos filhos das suítes da minha mãe e do meu pai, paro e olho escada abaixo. Uma vontade de fugir toma conta de mim. Eu poderia pegar a chave do meu carro e sumir daqui. Ir até o outro lado do país, me perder na floresta ou nas montanhas. Em qualquer lugar para me livrar da responsabilidade daquela família, que pesa em mim como um manto de ferro. Mas isso não é opção. Não posso abandonar meus irmãos.

Dou um tapa mental na minha própria cara. Depois desta noite, vou arrumar ajuda para minha mãe e para Easton. Tem que haver um médico que eu possa contratar para ir em casa e tratar o que quer que os dois tenham. Depressão, acho.

Quando volto para o quarto da minha mãe, ela ainda está no sofá, olhando para a cortina fechada.

— Por que você não tenta dormir um pouco? — sugiro, diminuindo a luz antes de ir até ela.

— Não consigo dormir sem seu pai aqui.

— Claro que consegue. — Passo os braços embaixo dela e a carrego delicadamente até a cama.

— Você teve notícia dele? Do seu pai? — pergunta ela.

— Não, senhora.

— Por favor, não me deixe — implora ela. — Não posso ficar sozinha hoje. — Lágrimas escorrem dos olhos dela. O nó no meu estômago aumenta.

Procuro a coisa certa a dizer que a faça parar de chorar.

— Ele te ama. Vive ocupado porque quer nos dar tudo do melhor.
— O trabalho é mais importante do que eu? Do que a família?
— Não é. — Mas, como não sei o que dizer, as lágrimas e a culpa não param. Arrasto a cadeira até a cama e pego o celular. Enquanto ela fala, escrevo uma mensagem para Sav. *Desculpa pelo q rolou. Coisa de família. Vejo vc d manhã. A gnt faz alguma coisa amanhã à noite. Tá?*

Não me surpreendo quando ela não responde. Apoio a cabeça nas mãos e espero que minha mãe pegue no sono. Demora demais para ela apagar, considerando o quanto está bêbada. Finalmente, entre as duas e três da manhã, os sons de súplica e de coração partido são substituídos por um ronco suave. Saio do quarto exausto e vou dormir.

Sou acordado algumas horas depois por um barulho no meu celular. O aplicativo de segurança está me avisando que tem alguém na porta da frente. Grogue, me levanto. A câmera da entrada mostra a esposa do meu tio Steve na escada. Jogo o braço sobre a cabeça. Que beleza. Exatamente o que preciso. Mais uma mulher alterada.

Eu me obrigo a sair da cama. Estou com a mesma calça jeans e camiseta do dia anterior. Tenho que tomar banho e fazer a barba, mas primeiro acho que preciso descobrir o que Dinah O'Halloran quer.

— Bom dia, senhora — digo quando abro a porta.

Dinah passa por mim, cheirando a flores frescas. O cabelo louro balança como uma cortina de seda. Entendo por que Steve se casou com ela. Ela é linda como uma modelo, mas tem alguma coisa que me deixa tenso, apesar de ela sempre ter sido legal conosco. Mas a minha mãe não gosta dela. Talvez eu tenha permitido que ela me influenciasse.

— Steve entrou em contato comigo hoje de manhã e me disse que sua mãe ligou pra ele várias vezes ontem à noite. Ele perguntou se eu podia vir dar uma olhada em vocês.

Enrijeço a coluna na mesma hora. Os problemas dos Royal deviam ser resolvidos pelos Royal e mais ninguém.

— Está tudo bem.

Dinah balança a cabeça.

— Não precisa fingir comigo. Nós somos praticamente da família. — Ela bate na minha bochecha antes de entrar em casa.

Fecho a porta e corro atrás dela. Não quero que ela veja a minha mãe, o que quer dizer que Dinah precisa ficar no térreo.

— Hum, quer comer ou beber alguma coisa?

— Ah, querido, eu mesma me sirvo. Aliás, por que eu não faço o café pra vocês, rapazes? Quando os outros vão acordar?

Meu estômago ronca. Passo a mão na barriga e olho para a escada.

— Reed já vai levantar. Os outros, em uma hora.

— Vamos alimentar você e seus irmãos primeiro, então. — Ela vai até a cozinha e vou atrás obedientemente.

— Precisa de ajuda? — ofereço.

— De jeito nenhum. Pode se sentar. — Ela bate em um dos bancos. Em seguida, pega ovos e manteiga na geladeira, panelas no armário ao lado do fogão. — Steve e seu pai devem ter tido uma noite cheia.

— Sei lá.

Ela lança um sorriso divertido na minha direção.

— Não precisa cobrir seu pai, querido. Tenho idade suficiente pra saber das coisas. Steve sempre teve um olhar inquieto.

Fico vermelho, sem saber como responder, mas Dinah continua falando.

— Mas me sinto mal pela sua mãe. Ela tem tantas responsabilidades e nenhuma ajuda. Foi por isso que vim aqui. Pra ver o que podia fazer pra aliviar o peso dela.

Dinah se mexe na cozinha, prepara massa de panqueca, frita bacon, esquenta a calda. Em um tempo recorde, tem uma pilha enorme de comida na minha frente. Por um momento, fico surpreso por ela saber cozinhar; ela sempre passou a ideia de ser uma princesinha mimada. Mas aí, lembro que Dinah não era rica. Ela se casou e enriqueceu, o que deve significar que sabia se cuidar antes de conhecer o tio Steve.

— Obrigado, senhora.

Ela bagunça meu cabelo como se eu fosse um garotinho.

— Não me chame de senhora. Faz com que eu me sinta velha. Me chama de Dee.

— Tudo bem — digo entre garfadas de comida. Não vou discutir com a mulher que fez meu café. — Essas panquecas estão deliciosas, Dee.

— Que bom. Fico feliz em ouvir isso. É impressionante o quanto você consegue comer e continuar com esse corpo atlético.

Ela desliza os dedos pelo meu ombro quando passa. É incômodo, mas ela não tem intenção nenhuma, e fico calado. Não há necessidade de reclamar de um toque inocente. Além do mais, tenho coisas mais importantes em que pensar, tipo como vou fazer Sav me perdoar. Respiro fundo e enfio mais panqueca na boca.

— O que você vai fazer hoje?

— Pedir desculpas — digo, mas me arrependo na mesma hora.

— Ah, o que houve? Problemas com uma garota? Conta pra Dee. — Ela coloca os dois cotovelos na bancada e se inclina na minha direção. O decote da blusa se afasta do corpo e vejo tudo na frente.

Desvio o olhar e olho por cima do ombro dela.

— Não é nada.

— Querido, você suspirou como se o peso do mundo estivesse nos seus ombros. Sou uma jovem que era solteira não muito tempo atrás. Aposto que posso ajudar na situação em que você se meteu.

Eu não estou cheio de boas ideias, mesmo.

— Talvez eu tenha irritado minha namorada — admito.

Dinah inclina a cabeça.

— Como?

— Convidei ela pra vir aqui, mas... — Faço uma pausa, sem querer revelar a merda toda da minha casa para ninguém, muito menos para a esposa do Steve. — Precisei ajudar meu irmão ontem e tive que mandar ela pra casa.

Ela bate com o dedo fino nos lábios.

— Garotas gostam de gestos grandiosos. Os jovens hoje em dia não fazem convites para os bailes?

— Fazem, sim. — Uns caras fazem coisas extremas para convidar garotas para os bailes, tipo criar uma caça ao tesouro. Decker Henry foi num cavalo branco pela rua com uma faixa logo atrás. A namorada dele parece que adorou. Amou tanto que perdeu a virgindade com ele antes mesmo do baile.

— Então faz alguma coisa desse tipo. Uma coisa grande e espalhafatosa. Ela vai amar.

Grande e espalhafatosa, é? Não quero andar de cavalo, mas posso dar um show. Enfio mais comida na boca e desço do banco.

— Valeu pelo café.

Quando ouço Reed na escada, chamo-o para a cozinha.

— Dinah cozinhou pra gente. Panqueca. Bacon. Uma refeição completa.

Ele arregala os olhos de empolgação.

— É mesmo? Estou morrendo de fome. — Mas ele para na mesma hora, porque a cozinha é domínio da nossa mãe.

— Eu já comi — digo a ele.

— Legal. — Aliviado, ele se senta.

— Você pode levar Easton e os gêmeos pra escola? Vou pegar a picape do East porque a Sav está com meu carro.

— Claro.

Deixo Reed enchendo a barriga e subo para me arrumar.

— Gideon!

Eu me viro e vejo Dinah logo atrás de mim.

— Ah, o que foi?

Ela passa o braço em volta de mim e me puxa para um abraço. Dou um tapinha constrangedor nas costas dela e tento evitar que os peitos dela se esmaguem contra o meu peito.

— Pra que isso?

— Você parecia precisar de um abraço e um beijo. — Ela me dá um beijo na bochecha. — Ops. Te sujei de batom. — Ela passa o dedo na minha bochecha. — Pronto.

Tenho vontade de passar a mão no rosto, mas não quero parecer um babaca.

— Obrigado pelo café da manhã.

— Imagina. Posso vir qualquer hora pra ajudar.

Subo a escada correndo. Em pouco tempo, estou de banho tomado, vestido e pronto. Minha primeira parada é a floricultura mais próxima.

— Quantas rosas tem aí? — pergunto ao funcionário.

— Na loja?

Tiro a carteira e coloco várias notas na bancada.

— Na loja toda — confirmo.

A floricultura tem mais de duzentas. Uma hora depois, também comprei todo o estoque de três outras lojas.

Gesto grandioso, lá vou eu.

Capítulo 7

❧

GIDEON

DIAS ATUAIS

— Você devia comprar flores. É o que meu pai compra pra minha mãe sempre que deixa ela com raiva.

Puxo os elásticos de resistência.

— Já fiz isso. Comprei a floricultura toda. — Quatro, no total.

Cal para no meio do exercício.

— A loja toda?

— As rosas — esclareço. — Comprei todas as rosas de quatro floriculturas.

— Caramba. Quanto custou isso?

Às vezes, esqueço que meus amigos não fazem ideia de quanto dinheiro eu tenho. Uma coisa ótima da faculdade é que você pode sumir no campus. O passado de ninguém interessa tanto. Feitos e escândalos do ensino médio não importam. O que vale é o que você faz lá. Tento manter minhas ligações da família Royal discretas. A única coisa que me marca como alguém com grana é meu Range Rover, mas não sou o único aluno da State que dirige um carro caro. Tem Mercedes e BMWs, e alguns estudantes chineses têm Lamborghinis.

— Muito — respondo. — E comprei porque dei um furo com ela, então acho que repetir esse caminho não vai dar certo.

— O que você fez desta vez?

Contar meus pecados passados para Cal destrói a determinação de me esconder aqui, mas ele é um bom amigo, e não quero mentir para ele. Já menti tanto para os meus amigos que valeu por uma vida inteira.

— Traí ela — digo diretamente, largando os elásticos de resistência. Eles batem na parede ladrilhada.

Cal arregala os olhos com surpresa.

— Você fez o quê?

Sinto certa satisfação com o choque dele. Como falei, quem você foi no passado não precisa ser parte da sua vida quando você sai do ensino médio. Eu me esforço muito para não ser o babaca que caiu na armadilha da Dinah.

— É uma longa história, mas foi isso que fiz e, quando Sav descobriu, nós terminamos. Depois, tentamos ver quem conseguia magoar mais o outro. — Pego uma toalha e jogo para o meu amigo, que ainda parece abalado.

— Parece um jogo horrível.

— O pior — concordo. — Parei de jogar quando cheguei na faculdade.

Mas Sav não. Chegou a notícia de que ela e Easton tinham transado.

Não consegui nem sentir raiva disso. Se aconteceu, não foi porque um gostava do outro. Eles só queriam provocar dor, mas desconfio que a culpa e autorrepulsa dos dois era pior do que tudo que senti quando soube.

Não posso odiar meu irmãozinho, não depois do que nossa mãe o fez passar. E não posso odiar Sav por causa de tudo que *eu* a fiz passar.

— Acho que você está certo — diz Cal, jogando a toalha no cesto.

— Como assim? — pergunto enquanto estamos indo para o vestiário.

— Ela veio pra cá e não pra nenhuma outra universidade do país. Ela te quer, cara.

Giro o botão do meu armário. Apesar de todas as desculpas e protestos contrários da Sav, se ela realmente me odiasse, teria ido para longe. Ou talvez eu esteja iludido e ela ter vindo para cá seja a prova de que ela não está mesmo nem aí para mim.

Passo a mão pelo rosto. Não. Ela bateu em mim. Uma garota que não se importasse não teria me batido. Ela ainda tem sentimentos. Agora, são de raiva e dor, mas tenho chance de mudar isso.

— Pode ser que você tenha razão.

— O que você vai fazer, então?

— Não sei ainda. — Eu me visto rapidamente e coloco um boné sobre o cabelo molhado.

— Tem que ser coisa grande — aconselha ele. — Acho que podia escrever no céu: "Desculpa por eu ter sido babaca. Perdoe meu jeito imbecil".

Dou uma risada debochada.

— Que mensagem campeã.

Botamos as mochilas nos ombros. No corredor, Julie está encostada na parede, conversando com um cara da equipe de corrida que está a fim dela desde sempre. Atrás de mim, Cal fica tenso.

— Não gosto daquele cara — resmunga ele.

— Por quê? Ele é inofensivo. Se a Julie gostasse dele, já teria aceitado um dos vários convites anteriores dele.

— É por isso que não gosto dele. Ele fica em cima dela mesmo depois de ela ter dado o fora nele. Ele está perto demais. Tenho certeza de que ela fica incomodada. Além do mais, Julie é nadadora. O lugar dela é com a equipe de natação. — Ele passa por mim. — Oi, gata.

Julie se anima.

— Estão prontos?

— Estamos. Está com fome? Vamos almoçar. — Eficientemente, Cal se coloca entre os dois.

O corredor recua com a testa franzida.

— São só dez horas — protesta ele.

— Almoço é um termo abrangente — diz Cal. — Pronta, Jules?

Ele não podia ser mais óbvio, mas, por algum motivo, Julie parece não enxergar os sentimentos do Cal. Talvez seja porque o próprio Cal ainda não tenha entendido que o motivo de ele não gostar de homens conversarem com a Julie é por ele querer ficar com ela. O lugar dela é com a equipe de natação? Está mais para o lugar dela é com Cal Lonigan.

— Eu tomaria um *frappuccino*. — Ela se inclina para a direita para falar com o corredor. — Vou verificar essa informação pra você. Preciso ver na minha caixa de entrada. Sei que tenho, mas não lembro de cabeça.

Ele acena.

— Você sabe meu número.

Cal espera chegar do lado de fora para cair em cima dela.

— Como assim, você sabe o número dele? Ele é da equipe de corrida!

— E daí? Você fala como se ele vendesse drogas ou algo do tipo — responde Julie, revirando os olhos.

Cal faz cara feia.

— É possível.

Hora de intervir. Entro no meio dos dois e passo um braço pelo ombro de cada um.

— Cal está irritado porque está com fome. A gente tem que alimentar a fera.

— É, eu estou com fome — diz ele, me olhando com gratidão.

— Ah, tá. — Julie dá de ombros. — Ah, esqueci. Tenho uma coisa pra você.

— Você tem uma coisa pra todo mundo agora — resmunga Cal.

Discretamente, dou um chute na canela dele. Ele se afasta.

— Pra que isso?

Julie para de andar.

— O que houve?

— Eu dei um chute nele.

— Ele me deu um chute! — acusa Cal.

Ela levanta as mãos e volta a andar.

— Vocês são duas crianças.

Cal protesta imediatamente.

— Somos adolescentes, no mínimo.

— Aqui, bebezão. — Ela coloca uma folha de papel nas minhas mãos.

— O que é isso? — pergunto, mas, depois de ler a primeira linha, já sei. — É o planejamento das atividades da Sav durante a visita?

— É, mas não conta pra ninguém que foi comigo que você conseguiu. — Julie cruza os braços. — Já me sinto culpada, tipo violando um código feminino importante.

— Quantas vezes tenho que dizer? Você é da equipe de natação. Sua lealdade é a nós — declara Cal.

— Ignora ele — digo e estico os braços para abraçar Julie.

Ao meu lado, Cal resmunga. Não consigo segurar uma gargalhada.

— Qual é a graça? — pergunta Julie.

— A vida. Estou rindo da vida. — Sacudo o papel na minha mão. — E da oportunidade.

— Como você vai conquistá-la de volta? Vai ficar andando atrás dela torcendo pra que ela perceba como você voltou a ser maravilhoso?

— Que nada, ele precisa fazer um gesto grandioso. — Cal abre os braços e quase me acerta na cara com um deles. — Sugeri escrever alguma coisa no céu.

Julie franze o nariz.

— Sempre achei isso brega. Acho que você devia dar flores. Compra um buquê grande e fica de joelhos.

— Isso é pedido de casamento, não de desculpas — argumenta Cal.

— Pode ser as duas coisas — retorque ela. — E o que você entende de gestos grandiosos? Já fez um na vida?

— Ei, eu fiz um convite pra baile com toda a pompa — diz ele, parecendo magoado.

Julie e eu o olhamos com surpresa. Cal não é do tipo que faz isso. A ideia dele de romance é enfiar uma vela num pão de hambúrguer.

— Ah, eu tenho que ouvir isso — declara Julie. — Tinha algum animal envolvido? Uma caça ao tesouro? O quê?

— Botei um saco de amêndoas cobertas com chocolate no armário dela com um bilhete escrito: "Estou amêndoa ideia de convidar você pro baile". — Cal parece sentir tanto orgulho que me obrigo a sufocar a gargalhada.

Julie balança a cabeça.

— Argh. Que ridículo. — Ela se vira para mim. — E você? Já fez algo assim?

— Não. — Fugi do baile do segundo ano e o do terceiro foi um desastre.

— Não de não com a Savannah ou não de nunca?

— Nunca.

— Sua escola não tinha baile? Sei que você estudou numa particular — pergunta ela, cheia de curiosidade.

— Tinha baile. Mas eu não fui.

— Esse é um dos motivos de essa garota ter raiva de você? Porque você deu um toco nela na noite do baile? — pergunta Cal.

— Não. Eu sacaneei ela antes do Natal. Ela também não foi ao baile.

— Ai. — Cal faz uma careta. — Esquece que perguntei.

Julie bate nas minhas costas com solidariedade.

— Parece que você foi um grande babaca. Acho que o Cal pode estar certo pela primeira vez. Você precisa fazer uma coisa extravagante e exagerada pra mostrar o tamanho do remorso que sente.

— Ele já fez gestos grandiosos — diz Cal. — Comprou quatro floriculturas pra ela.

Julie arregala os olhos.

— É mesmo? Quatro?

— Comprei flores de várias floriculturas — explico. — Mas o problema dos gestos grandiosos é o seguinte: eles são pras pessoas que fazem merda nas coisas do dia a dia. Quem age direito com a namorada ou o namorado não precisa de gestos grandiosos. Além do mais, é como o Cal falou. Eu já fiz. Está na hora de me concentrar em fazer as coisas do dia a dia.

— Que tipo de coisa exatamente? — pergunta Julie.

— Antes de mais nada, preciso começar a ouvir.

Capítulo 8

SAVANNAH

DIAS ATUAIS

— Pronto. — Adrian Trahern devolve meu celular. Com o maxilar anguloso e os olhos castanhos lindos, o aluno do segundo ano parece mais feito para a frente de uma câmera do que para trás dela.

Desejando sentir alguma coisa pela boa aparência dele, abro um sorriso.

— Obrigada. Só vou usar se tiver uma emergência.

— Vai ser a primeira vez que torço pra alguém ter muitas emergências — brinca ele.

Em um mundo normal, eu estaria me jogando nos braços do Adrian, implorando para que ele me ensinasse tudo. E não estou falando de filmes. Mas me mexo com constrangimento de um lado para o outro, insegura.

Adrian me salva.

— Então você volta em junho?

— Isso mesmo. — Desta vez, meu sorriso é genuíno. É um sorriso de alívio, não de flerte, mas pelo menos é real. — Estou animada, mas com um pouco de medo. É provável que tenha muitas emergências quando vier.

O sorriso dele se alarga.

— Vou ficar de olho.

Ele segura a porta do prédio de Artes e faz sinal para eu sair primeiro. Uma garota normal estaria louca com o convite óbvio de um garoto tão lindo e encantador como Adrian, mas só consigo abrir um sorriso fraco. Maldito Gideon.

— Você vai produzir seu filme todo aqui durante o verão ou algumas partes já estão prontas? O equipamento daqui é ótimo e, se você já tiver filmado algumas cenas, talvez queira refazer.

— Ainda estou na etapa do *storyboard* — admito.

— Me avise se quiser trocar ideias ou ouvir feedback. Demorei uma eternidade pra editar meu filme do festival de verão porque caí na armadilha digital.

— Armadilha digital? — pergunto, levantando a mão para bloquear o sol forte do rosto.

— É. Com os equipamentos digitais, não tem diferença no custo entre filmar cinco minutos ou cinquenta, mas tem depois, quando você se senta pra reduzir essa filmagem toda a um curta de três minutos.

— Ah, faz sentido.

— Tem mais dicas vindas do mesmo lugar dessa.

— Aí está você.

A voz levemente reprovadora do Gideon me faz parar. Baixo a mão e vejo meu ex horrível parado no meio da calçada com os braços cruzados no peito. A pose faz os músculos dos bíceps saltarem, e uma parte traidora de mim treme com a lembrança daqueles braços me abraçando.

O corpo alto de Adrian enrijece ao meu lado, mas o tom dele está leve quando ele pergunta:

— Amigo seu?

— Na verdade, não — digo com azedume.

Gideon finge que não me ouve e estica a mão.

— Sou o namorado da Sav. E você, quem é?

Bato na mão do Gideon.

— Você não é nada disso. — A parte de trás do meu pescoço fica quente com o constrangimento, e o que antes era uma ideia vaga agora vira determinação. — Na verdade, vou aceitar sua proposta — informo a Adrian. — Vou adorar avaliar meu *storyboard* com você. Posso mandar umas imagens e nos encontramos quando eu chegar no campus, em junho?

O aluno de segundo ano olha de mim para Gideon e para mim de novo.

— Claro. Como falei, estarei por aqui. Tenho uma hora agora, se você quiser almoçar.

— A Selvagem vai almoçar comigo — interrompe Gideon.

Adrian ergue as sobrancelhas.

— Selvagem?

Se eu tivesse tendência a corar ou a ter vertigens de donzela, estaria caída na calçada agora.

— Vai embora — murmuro com o máximo de ameaça que consigo.

— Ela está falando com você — diz Gideon para Adrian.

— Não estou! — A negação sai alta, como um grito, e os dois se viram para mim com surpresa.

— Esse cara está te incomodando? — pergunta Adrian baixinho. — Posso chamar a polícia do campus se você não estiver se sentindo segura.

— Tem alguém que não vai se sentir seguro daqui a dois segundos — rosna Gideon.

Cubro o rosto com as mãos. O departamento de Teatro e Cinema fica a uns oitocentos metros dos prédios de Administração. Eu tinha me convencido de que o campus era grande o bastante para nós, mas depois de dois dias de visita, sei que me enganei.

O que quer dizer que preciso lidar com o Gideon. Tenho mais sentimentos não resolvidos por ele do que sabia. Quando ele estava na faculdade e eu, em Bayview, era mais fácil me fazer acreditar que eu o tinha superado. Mas vê-lo trouxe as lembranças de volta. As boas e as ruins.

— Olha, cara, não sei quem você é, mas está passando dos limites — diz Adrian para Gideon. — Savannah, a polícia do campus pode estar aqui em cinco minutos. — Ele segura meu pulso e me puxa para perto.

Gideon dá um pulo, e levo só um nanossegundo para ver como tudo vai acontecer. Gideon vai dar um soco no Adrian. Adrian vai revidar, mas Gideon é mais forte e tem quatro irmãos mais novos com quem está acostumado a brigar. O estudante fofo de Cinema não vai ter a menor chance, e meus quatro anos na State vão ser marcados como *aquela garota*. Não quero mais ser aquela garota.

Eu me solto da mão do Adrian e me jogo em cima do Gideon. Como esperado, ele desvia a atenção imediatamente do Adrian para mim.

— Para — digo, a voz baixa. — Não estraga isso pra mim.

Ele percebe a seriedade no meu rosto e assente com relutância.

— Tudo bem. — Ele recua, erguendo as mãos com as palmas para fora na frente do peito. — Não vim causar confusão. Eu queria te levar pra almoçar. — Ele estica a mão para trás de mim. — Sou Gideon e, sim, sou o ex da Sav. Mas, só pra deixar registrado, planejo mudar isso. Você pode tentar a sorte com ela se quiser, mas saiba que vai ter disputa.

— Gideon — sussurro.

— O quê? — Ele finge inocência. — Você disse uma vez que, se meus lábios estivessem se movendo, eu estava mentindo. Estou tentando mostrar que mudei. Só a verdade de agora em diante.

Atrás de mim, Adrian limpa a garganta. Sei o que ele vai dizer antes mesmo de me virar.

— Tenho planos. — Ele aponta para um ponto aleatório ao longe. — Vou me encontrar com... — Ele para de falar, provavelmente lembrando que tinha acabado de me convidar para almoçar.

Eu suspiro.

— Obrigada por tudo, Adrian. A gente se vê por aí. — Tradução: não vou te ligar e te deixar constrangido, prometo.

Adrian assente e vai embora, devagar no começo, mas depois começa a correr, como se estivesse doido para se afastar de nós.

Assim que ele sai de perto, eu me viro para Gideon.

— Que merda foi essa?

— Quero que você me escute.

— Que eu te escute sobre o quê?

— Sobre tudo.

— Por quê? — pergunto secamente, tentando entender o que ele quer. Por que ainda se importa? Por que continua atrás de mim? Por que ainda quer me magoar?

— Porque eu...

Claro, tudo gira em torno do que ele quer. Saio andando, mas paro quando ele diz:

— Não. Porque você merece.

Minha raiva diminui e uma desconfiança cautelosa surge.

— Mereço o quê?

Uma careta contorce o rosto dele. Os ombros pendem para a frente, fazendo o deus da natação de um metro e oitenta e oito de altura parecer vulnerável.

— Tudo — diz ele baixinho. —Todas as verdades por trás de todas as mentiras que já contei. É isso que você merece.

Meu coração salta, e o medo deixa minhas mãos suadas. Todas as verdades? Eu aguento? Quero saber? Mas não foi o que sempre procurei? E se eu finalmente tiver respostas e explicações, não vou poder seguir em frente e deixar Gideon para trás?

— Quando foi a última vez que você viu Dinah? — pergunto de repente.

Uma curva triste surge nos lábios dele e, por um momento, espero outra mentira.

— Duas semanas atrás — admite ele.

Sinto meus olhos se arregalarem.

— Você esteve com ela duas semanas atrás e tem a coragem de falar comigo? — Não quero mais saber dele. Não *mesmo*. — Sai da minha frente. Nem chega perto de mim. Acabou. De agora em diante, eu não te conheço.

Ele entra na minha frente.

— Eu podia ter mentido. Eu podia ter mentido — repete ele. — Podia ter dito que não vejo Dinah há meses ou anos, mas, como falei, só verdades, por mais dolorosas que sejam. A sinceridade é uma merda, Sav, e não só porque a verdade costuma ser mais dolorosa do que as mentiras, mas porque parece não haver recompensa. Agora, por exemplo. Se eu tivesse mentido, você não estaria prestes a ir embora. Se eu tivesse mentido, você não estaria com raiva.

As palavras dele estão cheias de verdade e dor, o que só me dá mais raiva. Avanço para cima sacudindo o punho na cara dele, desejando poder provocar nele toda a dor que já me fez sentir.

— Estou com raiva de tudo. Estou com raiva porque você me traiu. Estou com raiva porque você mentiu. Estou com raiva porque você viu Dinah. Tenho tantas irritações que é difícil catalogar todas.

— Eu sei.

— Sabe? E é só isso que pode dizer?

— Não. Estou querendo contar tudo, mas nós dois sabemos que não vai justificar o que eu fiz. Não vai apagar o passado, mas, se você precisa ouvir, eu quero contar. — Ele abre bem os braços. — Pergunta qualquer coisa. Pergunta por que Dinah esteve aqui duas semanas atrás. Pergunta o que aconteceu cada vez que tive que te deixar abruptamente. Pergunta por que estou aqui, preparado pra me humilhar na sua frente. Me pergunta qualquer coisa, só não vai embora.

— Então me conta. — Minha voz está tão baixa que mal consigo ouvir, as palavras saindo do poço mais fundo do meu coração. — Me conta por que escolheu ela e não eu.

Capítulo 9

GIDEON

TRÊS ANOS ANTES

— Caramba, Sav. Não posso ir agora. Não estou te ignorando, mas tenho umas coisas pra resolver aqui. Não dá pra esperar? — Aperto o telefone na mão. Por que ela não entende que, se eu pudesse escolher, estaria com ela? Sav fala como se passar um tempo com meus quatro irmãozinhos barulhentos e irritantes fosse melhor do que ficar deitado no quarto com o cheiro doce dela, atrás das cortinas transparentes penduradas em volta da cama.

Mas minha mãe está tendo outra crise e não posso deixar que ela afete Easton. Reed e eu estamos tentando exaurir o garoto. Se o deixarmos sozinho, ela vai manipulá-lo para que ele compre mais comprimidos para ela.

— Desculpa. Eu não queria te chatear.

O pedido de desculpas desnecessário da Sav quase me faz surtar. Tenho vontade de gritar os problemas todos que tenho em casa, mas seguro a vontade até as frestas estarem fechadas novamente.

— Não é nada — minto. — Só vou jogar videogame com meus irmãos.

— Videogame. Você vai jogar videogame com seus irmãos em vez de ficar comigo. Estou ouvindo isso mesmo?

Dou uma risada tensa.

— É, parece loucura. Mas esqueci que tinha prometido ao Easton que a gente ia jogar.

— Quer que eu fale com ela? — sussurra Dinah atrás de mim, só que não é bem um sussurro. Cubro o microfone, mas é tarde demais.

— Quem está aí? — pergunta Sav.

— Ninguém. — Faço um gesto irritado para Dinah se afastar. Ela só revira os olhos.

Sav não responde imediatamente. Ela sabe que eu menti. Sei que ela sabe, mas fico em silêncio. Ela aceitar meu comportamento merda me deixa irracionalmente irritado. *Grita comigo*, penso com irritação. *Me xinga por ser babaca.*

Claro que ela não faz isso.

— Tudo bem, Gideon. Me liga quando puder.

— Tchau, Sav.

— Eu te amo — diz ela, sem saber que está enfiando a faca mais fundo.

Engulo as mesmas palavras da resposta e desligo. Aperto a quina do telefone na testa, afundando a capa dura na têmpora como se a pressão fosse tirar a dor de cabeça latejante que surgiu.

— Você está fazendo a coisa certa — diz Dinah. — Se arrastar aquela garota doce e inocente pra essa confusão, vai fazer com que ela se sinta responsável, e isso só vai aumentar o peso que você carrega.

— Estou cagando pra esse suposto peso — murmuro. Um ponto entre minhas omoplatas começa a coçar. Não me sinto à vontade com Dinah tão próxima, mas ela não tem limite. Está sempre invadindo meu espaço.

Dinah passa o braço pelos meus ombros e fica com os dedos acima do meu peitoral esquerdo.

— A melhor forma de proteger essa menina é deixando-a longe. É um ato de altruísmo, Gideon. Um que poucas pessoas estariam dispostas a fazer. Eu te admiro tanto.

— Não devia. Eu me sinto uma pilha de bosta agora.

Ela bate com as unhas no meu peito.

— Mas não devia. E um dia você vai explicar tudo, e ela vai lamentar ter sentido raiva de você, ainda que por um segundo.

— O problema é que ela não está com raiva. — Enfio o telefone no bolso. — Ela está aceitando tudo, e isso só piora as coisas.

Dinah estala a língua e chega mais perto.

— É porque ela é jovem. Quantos anos você disse que ela tinha?

Mudo de posição e tento me afastar. E me pergunto o quanto devo confessar. Quando Sav e eu começamos a namorar, supus estupidamente que ela tivesse dezesseis anos. Mas não tem. Ela só faz dezesseis no mês que vem, o que quer dizer, tecnicamente, que é ilegal estar com ela desde que fiz dezoito em agosto. Mas é a Dinah, ela não vai me dedurar. Afinal, há segredos maiores e melhores da família Royal, se ela quiser falar.

— Ela tem quinze. Vai fazer dezesseis em dezembro.

Dinah arregala os olhos e um sorriso malicioso surge no rosto dela.

— Ora, Gideon, eu não tinha ideia de que você gostava do proibido.

— Não gosto. — Faço uma careta. — Eu achava que ela era mais velha.

— Claro que achava — diz ela com voz cantarolada. — Não se preocupa, papa-anjo. Estou do seu lado. Minha boca é um túmulo. — Ela passa dois dedos nos lábios em gesto de fechar um zíper.

— Agradeço — digo e me mexo de novo para abrir mais espaço entre o corpo dela e o meu.

Dinah só diminui a distância. Os toques dela sempre me incomodam. Não parece certo, mas não sei como mandar que ela pare. Ela vai querer saber por quê, e não tenho uma resposta concreta, só uma sensação de que o contato físico dela não pareceria legal para Savannah. Mas como aviso que Dinah está com os peitos no meu braço sem ser grosseiro?

Além do mais, esse tipo de contato não significa nada para Dinah. Ela está tentando me ajudar. Já reparei que ela é do tipo que gosta de tocar nas pessoas e não vou ofendê-la agindo como um garoto imaturo demais para aguentar um beijo na bochecha de uma figura maternal.

— Estou sempre aqui se você precisar, Gideon — murmura Dinah, os lábios quase no lóbulo da minha orelha.

Sei que ela não pretende ser sugestiva, mas às vezes é assim que minha mente suja interpreta.

— Obrigado. Acho que vou ver o que tem pra jantar. — Sem esperar resposta, dou um tapa mental na minha cara e vou para a cozinha.

Sandra está ocupada picando cebola na ilha. Tem duas panelas no fogão, e o cheiro na cozinha está delicioso. Meu estômago ronca.

— O que a gente vai comer? — pergunto, indo até a bancada.

— Frango à parmegiana.

— Legal. Vou contar pros garotos. Que horas a gente tem que descer?

— Em quarenta minutos — diz ela.

— Beleza. Você é demais, Sandy. — Dou um abraço de um braço só na nossa empregada e vou até a escada dos fundos.

Estou com um pé no primeiro degrau quando Sandra limpa a garganta.

— O que foi? — Olho por cima do ombro para ela.

Ela hesita e pergunta:

— A sra. Dinah vai comer com a gente?

— Ela come? — brinco. Dinah é magra como uma vara. Não vejo muita coisa entrando naquela boca que não seja vodca com poucas calorias.

— Eu cozinho mais para aquela mulher do que pra sra. Maria ultimamente — reclama Sandra. — Fiquei preocupada.

Com o quê? Com o fato de que minha mãe não come muito ou de que Dinah come demais? Mas perguntar isso é como perguntar a alguém qual banana de dinamite quer acender primeiro. As duas geram muito choro desnecessário.

— Ela está tentando ajudar — digo, em defesa da Dinah. Foi ela que levou o dr. Whitlock lá em casa quando citei que estava com medo de levar a minha mãe ao hospital. Minha mãe odiaria que as pessoas soubessem da vida dela.

— É assim que dizem agora? — murmura Sandra.

Como não tenho ideia do que ela quer dizer, deixo para lá. Mas, no andar de cima, fico pensando. As outras pessoas me veem interagir com Dinah e acham que tem alguma coisa acontecendo? Não, claro que não, garanto a mim mesmo. A mulher é quase uma década mais velha do que eu. Além do mais, para todos os propósitos, Steve é meu tio e isso torna Dinah minha tia. Ela não passa de uma parente mais velha simpática que está tentando ajudar nossa família a passar por um momento difícil.

No fim das contas, acredito em Dinah. Dizer para Sav o que está acontecendo na minha casa vai provocar úlceras na garota. É melhor guardar para mim agora. Quando tudo estiver resolvido, vou confessar o que houve. É melhor pedir perdão do que permissão, né?

É.

Capítulo 10

❦

SAVANNAH

TRÊS ANOS ANTES

— Que cara é essa? — pergunta Lydia Scully, ajeitando o lenço Hermès de mil dólares que está amarrado no cabelo dela.

Shea e eu fomos convidadas para irmos à casa da Lydia depois da aula. Até o momento, a conversa foi só sobre moda, entediante, mas agora que a atenção de todo mundo está voltada repentinamente para mim, não estou entediada, e sim incomodada.

— Não franze a testa. Você fica com rugas feias — aconselha Ginnie.

Francine assente. As três formam o grupo principal da Jordan Carrington. Todo mundo as chama de Pastéis. As garotas acham que é porque elas usam roupas de tons pastel quando não estão com o uniforme de Astor Park, mas é mais porque as personalidades delas são pálidas e sem graça. Elas não têm cor própria. Qualquer vibração existente é tirada da Jordan.

— Eu não sabia que estava de testa franzida — digo, sem jeito.

— Bom, estava — informa Lydia. — É coisa de namorado? Sem querer ofender, mas eu não ficaria surpresa se você tivesse problemas com Gideon Royal. Ele daria trabalho pra qualquer uma, quanto mais pra alguém do primeiro ano. — Ela olha para as unhas feitas como se não ligasse para a minha resposta, mas sei que está doida por detalhes sobre o Gideon.

Todas estão. Até Jordan, ocupada enviando mensagem de texto para um dos três namorados, está curiosa sobre como fisguei um dos garotos Royal.

Os Royal tinham sido elusivos até agora. Nenhum dos mais velhos tinha tido um relacionamento sério... até agora. E todo mundo quer saber por que *eu*. Como se eu tivesse uma técnica secreta que pudesse capturar um Royal.

— Eu também não acredito que estou com ele — digo, com sinceridade total. Não sei por que Gid está interessado em mim. E, sinceramente, acho que já o estou perdendo.

Por isso, a testa franzida.

Na espreguiçadeira ao meu lado, Shea treme, e não é por causa do ar frio da noite. Tenho que fingir que tudo na minha vida é incrível, e admitir que não sinto muita confiança no meu relacionamento viola o código familiar.

Ah, bom. A verdade será conhecida em breve, quando ele terminar comigo.

Lydia ri com deboche.

— Ninguém consegue acreditar.

A verdade dói. Olho para Shea, sabendo que ela prefere que eu fique com a boca fechada, mas preciso de conselhos. Aquelas garotas têm mais experiência com garotos do que eu terei na vida e não estou falando de experiência sexual. Elas simplesmente namoram mais. Além do mais, Jordan é absurdamente linda. Sempre ganha os números de telefone dos garotos. E foi parada na rua outro dia por uma menina que queria saber se ela era modelo.

De acordo com as Pastéis, durante a viagem de verão da Jordan para a Suécia, um cara em quem ela só esbarrou na estação de trem enviava flores para o quarto de hotel dela todos os dias. Dois caras da Astor Park quebraram ossos tentando impressioná-la. Um quebrou o pulso durante uma manobra de skate que deu errado e outro fraturou também o pulso tentando pular em um cavalo não treinado. No momento, tem três caras fazendo papel de bobos por ela.

Falar sobre Gideon e mim é constrangedor, mas estou desesperada e é por isso que abro a boca e começo a falar.

— Além de eu não saber por que ele está a fim de mim, também não sei como segurar ele.

Os olhos de Lydia se iluminam. A fofoca é boa, e ela não quer perder. Os dedos ocupados de Jordan também param. Apesar de ela não olhar na minha direção, sinto a atenção dela. Shea suspira.

— Vocês estão transando? — pergunta Lydia.

— Isso não é da sua conta — grita Shea.

— O que foi? — diz Lydia com inocência. — Preciso saber dos detalhes pra poder ajudar.

Não controlo as bochechas, que ficam vermelhas. Aquelas garotas não são minhas melhores amigas. São garotas com quem eu ando porque meu pai insiste e porque Shea acha bom para a minha reputação na escola. É um escudo, explicou ela. Ninguém vai atacar Jordan e, por extensão, eu também fico protegida.

Gideon não é um escudo de verdade, porque é homem. Ele não está no vestiário das meninas nem no banheiro e nas festas particulares, quando os ataques reais acontecem.

É preciso ter um bom grupo de garotas como proteção e, apesar de o grupo da Jordan ser o melhor da Astor, isso não quer dizer que eu deseje compartilhar detalhes íntimos com elas.

— Ele não reclama. — Essa é a melhor resposta em que consigo pensar.

— Ela está dando pra ele — conclui Lydia.

Não estou, mas não me dou ao trabalho de corrigir a suposição dela. Ela não vai acreditar, mesmo.

— Manda uma foto sexy — sugere Francine. — Torin ama quando mando pra ele.

— Que besteira — diz Shea secamente. — Assim que você e Torin terminarem, ele vai mostrar as fotos pra vinte caras diferentes, que vão mostrar pra vinte amigos, até você virar meme sobre como as mulheres são burras.

— Ninguém te perguntou, vaca. — Francine faz cara feia. — Torin e eu não vamos terminar. Nós nos amamos.

— Não fica com raiva da Shea — interrompe Jordan. Ela sorri para a minha irmã, e quase me encolho com o veneno nos olhos dela. — Ela não sabe como é. Lembra a experiência ruim que ela teve com o Dooley? Eu não ia querer mandar uma foto pra ninguém se aquilo tivesse acontecido comigo. Mas nem todos os caras humilham as garotas como o Dooley fez. Foi só uma decisão ruim da Shea.

Eu estaria caída no chão, mortinha, se Jordan tivesse me agredido assim, mas Shea só sorri, como se a garota não tivesse acabado de derramar sal num ferimento antigo.

— Talvez não — diz Shea friamente —, mas pra que correr o risco?

O incidente com Dooley aconteceu dois anos atrás. Shea estava em um passeio escolar do nono ano. Matthew Dooley era do último ano. Eles estavam flertando muito. Shea enviou uma foto no barco de Francine, só que não percebeu que tinha derramado suco de amora no colo. O maiô branco estava com uma mancha vermelha num lugar infeliz. Dooley postou a foto no Instagram com um tubarão inserido atrás no Photoshop. A legenda dizia: "Tubarões detectam uma única gota de sangue no mar. Tomem cuidado. #iscadetubarão #vingançadochico #nuncausebranco".

Shea passou seis meses sendo humilhada e ouvindo deboche de todo mundo na Astor. Pensando bem, foi nessa época que ela começou a andar com Jordan, mesmo antes do nosso pai nos mandar puxar o saco dela.

— Ah, deixa a garota em paz — diz Jordan. Ela se inclina sobre Francine para falar diretamente comigo. — A verdade triste é que os homens são muito visuais. Se ele vai olhar um corpo nu, por que não o seu? Você é linda, Savannah. É melhor ele fantasiar com você do que com a Olivia Munn, não é?

Todo mundo assente, menos Shea. Até eu estou começando a ficar convencida.

Jordan sente minha indecisão e insiste.

— Se você não pode confiar em Gideon pra não espalhar uma foto sexy, não devia estar namorando nem transando com ele. Alimente a fera.

— Ela tem razão — diz Francine. As outras duas Pastéis assentem, concordando.

Shea se cansa da conversa.

— Falando em casais que não combinam, vocês viram como a Abby estava abanando o rabo pro Reed outro dia? — pergunta ela, jogando isca no mar. Os tubarões vão atrás, e o assunto de Gideon e *nudes* minhas morre.

* * *

Mais tarde, no carro, Shea parte para cima de mim.

— Não faz isso. Você acabou de começar com ele. Se ele já está se afastando, enviar *nudes* vai fazer com que você pareça desesperada. Além do mais, e se ele mostrar pro Três ou pra mais alguém?

— Ele não faria isso. — Gideon não parece o tipo que se gaba. Ele não fala nem sobre o sucesso na natação e sempre minimiza qualquer vitória como sendo parte do esforço do grupo.

Shea repuxa os lábios e revira os olhos, indicando que eu não poderia ter dito nada mais idiota.

— Ah, tá. Assim como ele não te trairia nem partiria seu coração.

— Ele não está me traindo, e meu coração está ótimo, muito obrigada. — Mas não olho nos olhos dela.

— Aff. Você vai fazer, não vai?

— Ainda não decidi.

Shea me conhece muito bem. A falta de negação direta é a mesma coisa que dizer sim.

— Vamos torcer pro papai estar disposto a pagar um internato pra você na Suíça, porque é pra lá que você vai ter que ir depois que seus *nudes* vazarem. — Ela acelera no cruzamento.

Eu suspiro.

— Obrigada pelo voto de confiança.

— Você nunca ouviu falar de pornografia de vingança? É real e é horrível. Você está feliz agora, mas assim que as coisas ficarem ruins, ele pode jogar sua foto na internet e vai ficar lá pra sempre. Você vai se candidatar a um emprego e alguém dos recursos humanos vai dar uma busca no seu nome, aí seus peitos vão ser o primeiro resultado.

— Isso não vai acontecer. — Mas falo com mais confiança do que realmente sinto.

Depois do jantar chega uma mensagem do Gideon.

O que vc tá fazendo?

Estudando. Olho para o meu livro de Química. Odeio Ciências. *E vc?*

Tô com meus irmãos.

Nesse momento, como se ele sentisse minha insegurança, recebo um vídeo curto que mostra a sala de televisão dos Royal. Estão jogando alguma coisa na tela do projetor. Vejo Easton deitado no chão e a parte de trás das cabeças dos gêmeos. No fim do vídeo curto, Reed acena com dois dedos. Ele deve estar sentado ao lado do Gideon.

Quer vir pra cá?

"Quero!", grito em pensamento, mas ele está com os irmãos e não quero atrapalhar.

Estou cheia de dever.

Entendi. Estou com saudade. Vamos fazer alguma coisa no fds? Andar de barco? Só nós dois?

Meu coração dispara.

VAMOS!

Recebo uma foto de positivo em resposta. Deus, eu amo as mãos dele. Agora, outras partes do meu corpo estão animadas.

Manda uma selfie. Sdd do seu rostinho bonito.

Manda vc, respondo. Ele é o rei de tirar fotos dos outros, mas me surpreende enviando uma foto escura e granulada dele mesmo. Está com uma sobrancelha arqueada, e a língua está tocando o canto do lábio superior. Meu Deus, estou mortinha.

Que grosseria, digito. *Enfia essa língua na boca antes q me mate com ela.*

Tenho q alimentar minha garota.

As palavras dele são um eco não intencional das de Jordan mais cedo. Ela está certa. Se não posso confiar em Gideon, eu não devia estar com ele.

Corro até o banheiro e fico de sutiã e calcinha. Claro que não combinam. Botei uma calcinha *nude* hoje e um sutiã branco e rosa de bolinhas. O que eu tinha na cabeça?

Tiro o sutiã e levanto a câmera.

Não. Não estou pronta para uma foto sem sutiã. Passinhos pequenos, digo para mim mesma.

Pego uma regata bem justa e uma outra calcinha, ambas pretas, e volto para o banheiro. Tiro uma foto e olho. O flash refletiu no espelho, e aquilo é uma mancha de pasta de dente no canto? Não posso enviar isso!

Meu celular apita. Outra mensagem do Gideon.

Tá viva?

1 min, respondo.

Olho ao redor desesperada. Meu quarto está limpo, e a cama é um lugar sexy. Vou tirar uma foto lá.

Empilho três livros na minha mesa e coloco o timer na câmera do celular. Corro até a cama, me ajoelho e tento olhar para a câmera com olhos pegando fogo. Quando o flash pisca, pulo da cama e olho a foto.

Não muito sexy. Na verdade, pareço estar com dor de barriga. Devo sorrir?

Coloco o timer de novo e volto para a cama. Desta vez, enfio um dedo na calcinha e puxo a regata para mostrar a barriga e os quadris. E sorrio.

Olho a foto de novo. Está boa, mas ainda pareço constrangida. Tiro várias outras. Algumas sem blusa. Outras deitada. Algumas completamente nua. Descarto as fotos em que estou pelada. Não amo meu corpo o suficiente para enviar essas, mas, das vinte e poucas selfies que tirei, uma está boa.

Minha cabeça está meio cortada, mas ainda dá para saber que sou eu. A alça da regata está caída no ombro, e a calcinha, baixa nos quadris. Um braço está levantado, erguendo o cabelo do pescoço, e o outro vai na direção da cama.

Escolho um filtro leve e aperto o botão de enviar antes que possa mudar de ideia.

Não recebo resposta imediata.

Desanimada, me deito na cama. Talvez eu devesse ter enviado outra foto. Olho as fotos. Eu devia ter passado mais tempo preparando o lugar e brincando com a iluminação. Podia ter comprado uma lingerie especial. Meu Deus, como estou ansiosa! Talvez não devesse ter enviado. Talvez...

O telefone toca. É Gideon.

Meu coração está disparado quando atendo.

— Alô.

— O quanto você tem de dever ainda? — pergunta ele com voz tensa.

— O quê? — Enviei uma selfie sexy e ele pergunta do meu dever? Dá pra eu ser um fracasso maior? Foi ruim assim?

— O quanto você tem de dever ainda? — repete ele.

— Há, uma ou duas páginas.

— Estarei na sua casa em dez minutos — diz ele.

— O quê? — Estou confusa. — Por quê?
— Por quê? Porque, se eu não botar as mãos no seu corpo em dez minutos, vou morrer.

Em seguida, só ouço silêncio, porque ele desligou. E ele está vindo em dez minutos! Jogo o telefone no ar de pura alegria. E aí, percebo. *Ele está vindo em dez minutos!*

Corro até o banheiro. Acho que Jordan estava certa. Selfies sensuais são o caminho para o coração de um cara.

Capítulo 11

❦

SAVANNAH

TRÊS ANOS ANTES

Tenho lixo demais, concluo enquanto ando pelo quarto. Tem pilhas de livros ao lado da escrivaninha. A bancada do banheiro tem mais maquiagem do que o latão de lixo atrás da loja da Sephora.

Pego todas as roupas que estão no chão e enfio no armário. Preciso dar três chutes para conseguir fechar a porta. Só tenho duas gavetinhas no banheiro, então acabo colocando todos os meus cosméticos na banheira e fecho a cortina. Afinal, quando é que o Gideon vai abrir as portas do meu armário ou tomar um banho, né?

Visto um shortinho de dormir e um moletom enorme que me deixa parecendo estar sem nada por baixo. O moletom é por causa do Gideon, e o shortinho é para me deixar mais à vontade.

Meu celular apita.

Cheguei, diz a mensagem.

Saio correndo do banheiro e vou até a porta. Estou com a mão na maçaneta quando ouço um ruído de ham-ham atrás de mim. Eu me viro e vejo Gideon encostado na parede entre minhas duas janelas.

Eu ofego. Na verdade, o som que sai de mim é mais um grito.

— Como você entrou aqui? — sussurro.

Com um lado da boca inclinado para cima, ele aponta para a janela com o polegar. De olhos arregalados, corro até lá e espio do lado de fora. Como a maioria das grandes casas de fazenda, tenho sacada, mas as duas nas minhas janelas são enfeite, o que significa que as estruturas de trinta centímetros com amurada de ferro fundido são só decorativas. Não foram feitas para serem pisadas nem escaladas.

Tento refazer o caminho dele. Tem o jardim, a calha, a treliça coberta de trepadeiras de jasmim amarelo. A treliça é de cedro, mas não está muito bem presa ao chão. O garoto que corta a grama sempre esbarra nela e a entorta. Meu pai reclama que tem que ajeitar a do lado norte todos os domingos.

Olho com desconfiança para Gideon.

— Você não fez isso.

— Fiz — diz ele com orgulho. Os braços estão cruzados no peito, fazendo os bíceps saltarem de um jeito delicioso. — Mas tenho que dizer que seria mais fácil se tivesse uma árvore em frente à sua janela. Quem sabe a gente devesse plantar uma.

— Claro. E você poderia subir por ela em uns dez anos, mais ou menos. — Consigo falar com leveza apesar da minha empolgação com o que ele está insinuando. Ele acha mesmo que vamos ficar juntos tanto tempo?

A ideia de ainda estar com Gideon em anos, por tempo suficiente de ver uma planta passar de muda a árvore adulta, me dá vontade de bater palmas de alegria. Consigo me segurar e enterrar as fantasias febris debaixo de uma cortina de frieza. Já foi bem ruim ter enviado a selfie. Não preciso parecer mais desesperada.

— O bambu fica adulto em sessenta dias — diz ele enquanto atravessa o quarto e para na frente da minha cama.

Ele tira os sapatos e se deita com as mãos embaixo da cabeça, parecendo estar tão à vontade quanto no próprio quarto.

Subo na cama e me deito, mas deixo o espaço de uma pessoa entre nós.

— Minha mãe cortaria a árvore antes de chegar na altura dos joelhos. Um bambu não combinaria com as plantas do sul dela.

— Sua mãe ama o sul mais do que gambás amam lixo.

— Você sabe. — Minha mãe nasceu em Connecticut, mas odeia qualquer coisa que a lembre do passado. Na cabeça dela, a vida começou quando ela se matriculou na Mississippi State. Desde o primeiro ano da faculdade, ela tenta apagar as origens do norte. Não que a vovó vá deixar meu pai esquecer que se casou com uma ianque.

Gideon bate no espaço entre nós.

— Está esperando alguém?

— Não. Eu nem estava esperando você. — Eu me aproximo e encaixo meu corpo ao seu lado. Ele passa o braço embaixo do meu pescoço e posiciona minha cabeça no espaço embaixo da clavícula dele.

O corpo dele está quente e receptivo. Ele passa o braço na minha cintura.

— Não consegui ficar longe.

As palavras são doces. Aninhada nos braços dele, me pergunto por que fiquei tensa. Ele me ama. Sei que ama. Não conseguiria me abraçar assim se não amasse.

— Teve algum motivo pra você não entrar pela porta? — pergunto, tentando manter o tom casual, apesar da ansiedade que enche meu coração.

— O que haveria de divertido nisso?

— É verdade. — Mas essa questão me incomoda. Por que não bater na porta? Ele quer se esconder dos meus pais. — Mas minha mãe e meu pai te adoram, sabe. Não ligam de você estar aqui.

Ele dá de ombros. Sinto o movimento debaixo da cabeça e da mão.

— Claro, mas aí tenho que bancar o bom garoto. Tomar chá gelado com a sua mãe. Fazer piadas ruins com seu pai sobre como ele me ofereceria algo mais forte, mas eu não tenho idade. Aí, haveria perguntas sobre meu pai e minha mãe e por que eles não saem nunca. Eu vim pra ver você, não pra essas coisas.

Eu entendo. Entendo mesmo. É um esforço conversar sobre trivialidades com meus pais, e eu não devia levar para o lado pessoal o fato de ele não querer fazer isso. Todas essas coisas que ele odeia fazer, o antigo namorado da Shea fazia e acabou sendo um grande babaca.

— Quer assistir esportes? — ofereço.

—Não. — Mas ele pega o controle remoto na mesa de cabeceira e liga a televisão. Está passando *The Real Housewives of Beverly Hills*.

Eu me encolho um pouco e penso se deveria estar assistindo algo mais inteligente. Algo mais descolado do que um reality com mulheres ricas e falsas ricas que brigam o tempo todo.

Mas ele diz:

— Eu gosto mais do elenco de Nova York.

Eu me apoio no cotovelo e olho para ele com surpresa.

— É?

— É, gosto daquela magrelinha. Ela é inteligente.

— Mas é meio cruel.

— É. Acho que é porque ela era a mais pobre e sempre lutava por respeito. Não percebe que agora que tem dinheiro, não é inferior às outras. Mas ela ainda acha isso e é por isso que age daquele jeito.

— Ah. — Isso foi um comentário inesperado. — Ela compensa em exagero, como a minha mãe.

— Não só a sua mãe. Vejo em outras mulheres também.
— Ele não fala mais nada, mas fica óbvio que se compadece desse tipo.

É fofo o tanto que ele é atencioso e generoso. Viu? Tão diferente do ex da Shea. E de qualquer outra pessoa, na verdade. Apoio a cabeça no ombro dele. Enquanto vemos as mulheres fingirem comer, beber muito, brigar e beber mais, o polegar dele encontra uma área de pele exposta entre a barra do moletom e a cintura do short.

O toque leve me deixa sem ar. Esqueço as mulheres na tela e as brigas mesquinhas e viciantes. Só penso na área de pele que ele está acariciando. A ponta do polegar se desloca em um movimento lento e repetitivo. O resto do meu corpo fica com inveja e quer a mesma atenção, a mesma sensação elétrica.

Mas ele não toma liberdade e parece satisfeito em tocar só aquela área de pele. Mas para mim não basta. Quero mais. Com ele, eu sempre quero mais.

Puxo o moletom para o lado e exponho mais pele para ele. A palma da mão dele faz contato com a minha cintura. Ele abre bem a mão, o indicador passando do meu umbigo, o mindinho encontrando o ponto onde minha perna e meu quadril se conectam. As pontas dos dedos entram pelo elástico do meu short até meu quadril.

Minha boca fica seca.

Engulo em seco quando meu sangue esquenta e dispara pelas minhas veias. Os batimentos antes regulares do coração do Gideon junto à minha bochecha ficam mais rápidos. Ele puxa minha mão para o peito dele.

— Você também pode me tocar, sabe — sussurra ele.

Passo o dedo hesitante pela clavícula coberta pela camiseta, paro no limite e acaricio o vão na base do pescoço. O peito dele é uma placa rígida de músculos, construída pela malhação diária. Mesmo debaixo do algodão da camiseta, sinto as marcas do abdome. A caixa torácica dele se preenche e se contrai enquanto ele respira com tremor.

O ar está carregado. Nós dois estamos com dificuldade de respirar. Acho que é por isso que procuro os lábios dele e ele, os meus. Somos o oxigênio um do outro. O sabor dele é doce, viciante.

Ele move a mão mais para cima, sai do meu short e percorre minhas costelas até passar os dedos longos e elegantes pela curva do meu seio.

— Posso fazer isso? — pergunta ele.

— P-pode — gaguejo.

Meu corpo todo parece diferente, não mais tão familiar. A pele parece apertar os ossos, o sangue parece estar correndo rápido demais, minha cabeça está em vertigem. Chego mais perto, querendo que meu corpo todo toque no dele. Minhas pernas se entrelaçam nas dele. Minha mão esquerda segura a camiseta enquanto a direita se fecha no bíceps dele.

Ele rola e me coloca embaixo. Encontro novos lugares para tocar. As costas largas se arqueiam quando passo os dedos nas omoplatas, desço pela coluna até chegar na cintura da calça jeans. Junto ao meu quadril, eu o sinto vibrar.

Espera. *Vibrar?*

Gideon também deve sentir, porque levanta a cabeça. Choramingo pela perda do contato.

— Desculpa — murmura ele e chega para o lado.

Observo com frustração quando ele enfia a mão no bolso da frente e tira o celular. Tento ler o nome na tela, mas não consigo ver nada, e ele move o dedo para atender.

— Alô — diz ele.

Puxo o moletom para o lugar. No espelho acima da escrivaninha, tenho um vislumbre de mim mesma. Meu cabelo foi desgrenhado pelos dedos do Gideon. Meus lábios estão inchados dos beijos. Minhas pupilas estão dilatadas e as bochechas, vermelhas. O capuz está quase caído no ombro. Enquanto isso, Gideon está igual a como quando o vi na janela.

O cabelo curto está arrumado, como sempre. A camiseta não está amassada. O mais exasperante é que ele não parece ter passado dez minutos de pegação comigo. O rosto está sem expressão, as bochechas bronzeadas lisas.

Ajeito o moletom.

— Estou ocupado agora — diz ele.

Eu me consolo com o tom sério. Ele não parece feliz de ter sido interrompido. Mas atendeu o telefone. Acho que meu pai poderia ter entrado e nem assim eu notaria.

— Agora? — Ele franze a testa. — Tudo bem. Chego em dez minutos.

O quê?

Ele desliga e sai da cama.

— Desculpa, Sav. Tenho que ir.

— Aham. — É só o que consigo dizer.

Ele enfia os pés nas botas e ajeita desnecessariamente a camiseta.

— Não quero ir, mas preciso.

— Aham. — Passo os braços em volta da minha cintura.

Ele se aproxima e me abraça.

— Te ligo assim que tiver tempo.

— Aham.

Ele passa a mão pelo cabelo.

— Sinto muito mesmo, gata.

Saio dos braços dele e vou até a porta.

— A gente se vê, Gid.

Ele me encara por um segundo e balança a cabeça de leve. Ouço-o murmurar alguma coisa quando sai, mas não estou mais interessada nos pedidos de desculpa dele.

Bato a porta do quarto e me jogo na cama, lutando contra lágrimas de raiva e frustração.

Eu não devia ter enviado a foto.

Capítulo 12

GIDEON

TRÊS ANOS ANTES

— Como ela está? — Jogo o chaveiro no banco da entrada, onde Dinah está encostada na moldura da porta, me vendo tirar as botas e pendurar o casaco.

— Sonolenta. Acho que tomou remédio pra dormir. — Dinah faz sinal para eu me aproximar.

— Onde estão meus irmãos? — pergunto, seguindo pelo corredor até a cozinha.

— Reed levou os três pra um lugar chamado Xtreme.

— É um lugar com fliperama e *laser tag* — explico com um suspiro. Reviro a cabeça nos ombros, tentando afastar a tensão.

Dinah estica as mãos para fazer uma massagem improvisada. Tento não me soltar dela de um jeito óbvio demais. Ela só quer ajudar, mas estou de mau humor. Sav e eu estávamos num momento ótimo, e em vez de eu estar agarrando minha namorada na cama cheirosa dela, estou com uma mulher que adora contato físico e parece não ter noção de limites.

Mas ultimamente ela também está ajudando a minha mãe, então espero alguns segundos e acelero os passos, fugindo das mãos da Dinah.

— Vou dar uma olhada nela. Obrigado por tudo.

— Vou com você — oferece ela.

Passo a mão sobre a boca. Nada na vida me preparou para esse tipo de situação social. Sabe como é, quando sua mãe está a dois passos de ter um colapso nervoso e seu pai está sumido e a única pessoa com quem parece que dá para contar é a esposa troféu do melhor amigo do seu pai.

— Eu cuido de tudo agora — digo. Se toca. Se toca. Está na hora de você ir embora.

Dinah continua sem entender. Ela passa o braço na minha cintura e encosta o corpo magro no meu.

— Eu nem sonharia em te deixar, Gideon.

Ultimamente, parece que ela procura todas as desculpas possíveis para botar as mãos em mim. Se eu fosse mais convencido, acharia que ela estava dando em cima de mim, mas ela é assim com todo mundo, desde Steve, o marido dela, até o cara da manutenção que não tem metade dos dentes.

Delicadamente, eu a afasto.

— Tudo bem. Vou subir e ver se a minha mãe precisa de alguma coisa. Sandra fez comida pra você?

Dinah faz beicinho.

— Não. Ela disse que a cozinha estava fechada. Acho que ela não gosta muito de mim.

Sei que Sandra não gosta dela, mas não vou dizer isso na cara da Dinah.

— Sandra faz as coisas do jeito dela. Pede alguma coisa e bota na conta da casa.

— O que você quer?

Estou prestes a dizer "nada", mas meu estômago ronca.

— Um hambúrguer duplo, sem pão, com arroz e feijão.

— Dou um aceno com um dedo só. — Te vejo daqui a pouco.

Subo a escada dois degraus de cada vez, mas, quando chego no quarto da minha mãe, vejo que ela está dormindo. O remédio deve ter feito efeito. Há vários frascos de remédios controlados na mesa de cabeceira dela. Pego-os e leio os rótulos. Zolpidem, clonazepam, indapamida, gabapentina. Não faço ideia de para que servem. Jogo os frascos no lugar e observo a minha mãe.

Ela é linda. Os sinais de ansiedade e depressão não deixaram marcas no rosto dela. Dormindo, ela parece em paz. Se esses remédios todos ajudam, então sou a favor deles.

Puxo o cobertor até os ombros dela e me inclino para dar um beijo na bochecha. Ela nem se mexe. Os remédios a derrubaram.

Sinto uma onda de ressentimento. Eu precisava mesmo ter voltado para casa por causa disso? Os garotos precisavam ser expulsos de casa porque ela tomou um remédio para dormir? O que Dinah estava pensando quando me ligou? Ela fez parecer que a minha mãe estava descontrolada. Mas a encontrei dormindo como um bebê.

Eu podia estar na casa da Sav agora. Minha mão formiga no ponto em que tocou na pele quente da barriga dela. Mas estou aqui, vendo minha mãe dormir. Talvez eu devesse olhar pelo lado positivo. A vida é melhor quando ela está dormindo... Para todos nós. Sei que é uma coisa horrível de se pensar, mas é verdade.

Sufoco meus pensamentos rebeldes e levo o banco acolchoado da penteadeira até a cama. Quando minha mãe acordar, eu devia estar ali, só para descobrir se os remédios estão mesmo funcionando. Se a terapeuta que Dinah recomendou está ajudando. Se nossa família vai voltar ao normal.

Quanto antes minha mãe melhorar, mais rápido vou poder passar mais tempo com Savannah.

Estico as pernas e tiro o celular do bolso. Abro logo o aplicativo de mensagens.

Deixar Sav foi horrível. Sei que ela não entendeu, mas, cara, não quero que essa merda toda chegue nela. Ela é a única coisa boa e pura na minha vida. É meu refúgio. Minha ilha linda e adorável longe da floresta demente que é o lar dos Royal, e não quero estragar isso.

Desculpa por eu ter ido embora. Minha mãe não estava se sentindo bem.

Não faz mal. Espero que esteja tudo bem.

Está. Ela está dormindo agora.

Que bom. Te amo.

Tb te amo.

Meus dedos hesitam por um segundo, mas subo a tela para olhar a foto de novo. Nossa, como ela é gostosa. Está com um sorrisinho leve, uma regata justa preta puxada de um jeito que dá para ver a barriga e uma calcinha preta. Fiquei duro assim que a foto apareceu na minha tela e tive que sair da sala para não passar vergonha na frente dos meus irmãos.

Quando corro o dedo na tela, passa pela primeira vez em minha cabeça que ela está com as duas mãos visíveis na foto. Aperto os olhos. Se fosse uma selfie, uma das mãos estaria atrás da câmera.

Foi a Shea quem tirou a foto?, pergunto por mensagem.

Ela responde na mesma hora. *Tá de brincadeira? Ela ia me matar se soubesse que mandei uma selfie sexy. Foi com timer, seu bobo.*

Graças a Deus. Vc salvou a vida de alguém agora.

Haha. Você está olhando?

Gata, se eu pudesse, seria minha proteção de tela. Mas não quero mais ninguém te vendo assim.

Que bom. Só pra vc.

Como se eu fosse dividi-la. Passo o polegar pela foto de novo, desejando estar tocando nela, não na tela de vidro, e guardo o celular. Não faz sentido ficar me torturando.

Atrás de mim, ouço uma batida baixa na porta. Ah, que ótimo. Dinah. Exatamente o que eu precisava.

Grudo um sorriso falso na cara e me viro para cumprimentá-la. Em vez da loura, vejo um corpo volumoso. É Reed. Meus ombros relaxam de alívio.

Levo um dedo aos lábios.

Ele assente e se afasta da porta.

Dou uma outra olhada na minha mãe para ter certeza de que ela está bem e me junto ao meu irmão no corredor.

— Achei que vocês tinham ido jogar *laser tag* — digo enquanto fecho a porta.

— Deixei os garotos lá. Achei que você podia precisar de ajuda.

— Mamãe está dormindo. Você estava aqui quando ela teve o ataque?

Uma expressão triste surge no rosto dele.

— Estava — diz ele, sombrio. — Ela chorou muito e ficou chamando o papai.

— Porra. — Tenho vontade de bater com a cabeça na porta de madeira. — E o papai tinha sumido? — É difícil não desprezar meu pai. A Atlantic Aviation estava quase falindo alguns anos atrás, e desde então meu pai se enterrou no trabalho. Ele está salvando nosso legado. Enquanto isso, minha mãe está ficando doida, porque o trabalho não é a única coisa em que ele está se enterrando.

— Tinha. Liguei e deixei alguns recados. Steve mandou uma mensagem de texto dizendo que o papai estava em uma reunião importante e só poderia responder mais tarde.

Olho o relógio. Em Hong Kong, é meio da manhã. Steve podia estar falando a verdade.

— Desculpe por não estar aqui. Eu não devia ter saído. — Tenho que parar de fazer coisas egoístas, como correr para ver a Sav só porque ela me mandou uma foto sexy. Meus irmãos precisam de mim.

— Não esquenta, mano. Você não poderia ter feito nada. Foi Dinah que fez a mamãe tomar o remédio pra dormir.

— Valeu por tirar os garotos daqui.

— Tudo bem. Quer que eu fique um pouco com ela? Você pode voltar pra casa da Savannah e passar a noite.

— Não, pode deixar. Fica à vontade pra sair. Eu soube que tem um grupo se reunindo na casa dos Worthington. — Brent é da sala do Reed e mora na mesma praia que a gente. — Acho que aquela Abby está lá.

Reed faz uma careta.

— Ah, não tenho tanta certeza sobre ela. Pensei em ver um filme. — Ele inclina a cabeça na direção do quarto dele, num convite.

Bato a mão na dele.

— Eu topo.

— Como estão as coisas com Savannah? — pergunta Reed enquanto andamos até o quarto dele.

— Bem.

Ele arqueia uma sobrancelha.

— É mesmo?

— Por que não estariam?

Ele abre a porta e dá de ombros.

— Parece que você anda fugindo muito. Achei que ela devia estar com raiva.

Enquanto Reed liga a televisão, pego duas bebidas no frigobar dele e o encontro no sofá na frente da televisão de tela plana.

— Não, ela não é assim. Sav não dá trabalho.

— Ah — respondeu meu irmão.

— O que isso quer dizer?

— Você se lembra dela no fundamental II?

— Hum, não. Ela é quase três anos mais nova do que eu. Eu estava quase terminando o fundamental II antes quando ela começou. — Franzo a testa. — Caralho. Falando assim, pareço um papa-anjo. É aí que você quer chegar?

— Porra, não. — Reed joga o controle remoto na mesa e passa o corpo por cima das costas do sofá.

Ele remexe na cômoda e pega um anuário da Exordium Middle School. Folheia até encontrar a página que queria e enfia debaixo do meu nariz.

— Essa é Savannah Montgomery.

Uma garota com cabelo ondulado volumoso, aparelho e olhos lamacentos com óculos de metal parece me olhar.

— Sério?

A garota da foto não se parece em nada com a Sav elegante que conheço. Sav tem cabelo liso, castanho e brilhante, e olhos azuis. Sei que ela usa lente de contato, mas a necessidade de correção de visão é a única coisa que a foto e a minha namorada têm em comum.

— É. Não dá trabalho o caralho — murmura Reed enquanto percorre a lista de filmes disponíveis para alugar.

E não tenho resposta, porque a garota do anuário não é nem um pouco parecida com a perfeição reluzente de Savannah Montgomery agora. Isso me incomoda. É como se eu não a conhecesse de verdade. É como se ela estivesse se escondendo de mim.

E fico pensando: por quem realmente estou apaixonado?

Capítulo 13

SAVANNAH

TRÊS ANOS ANTES

— Uma transformação serve pra dar confiança, não tirar — comenta minha irmã por cima do meu ombro.

Viro o telefone para baixo.

— O que isso quer dizer?

— Quer dizer que tudo pelo que você passou no verão, os tratamentos de queratina, as aulas de maquiagem, a renovação do guarda-roupa, foi pra que você visse que já era linda, não pra ficar insegura porque um garoto idiota não responde suas mensagens. — Com esse conselho, Shea se senta na cadeira ao lado da minha escrivaninha fingindo estar interessada na tela do celular dela. Digo fingindo porque ela está no meu quarto para pegar no meu pé, obviamente.

— Ele não é idiota — resmungo.

— É, sim, se não percebe como você é maravilhosa.

— Ele está tendo problemas em casa — digo, mas as palavras da Shea conseguiram me fazer me sentir pequena e importante ao mesmo tempo.

— Como se todas as pessoas da nossa idade não tivessem problemas em casa — debocha ela.

Pego meu mouse e volto a atenção para o vídeo que estava editando antes de verificar se aquele garoto idiota tinha me mandado mensagem.

— Ele me valoriza. Me dá flores na escola. Segura minha mão no corredor, o que já é bem mais do que a maioria dos garotos faz. Olha só a Bibby Harthan. O namorado dela praticamente corre na direção oposta pra evitar demonstração de afeto na escola.

— Não estamos falando da Bibby e do namorado imbecil dela. Estamos falando de você e do seu namorado imbecil.

Empurro o mouse para o lado. Não consigo me concentrar com Shea me perturbando.

— Foi você que me disse que, se eu quisesse o Gideon, teria que mudar. Foi você que me disse que meu gosto pra roupas era péssimo e que meu cabelo parecia um ninho de rato.

— E daí? Não quer dizer que você tenha que se deitar e servir de tapete pra ele pisar. — Ela coloca o celular de lado e se inclina para a frente. A expressão sincera no rosto dela gera uma pontada de culpa em mim. — Não gosto de quem você é com Gideon — continua ela. — Sinto falta da antiga Savannah. A que disse pro garoto que falou que ela corria como uma garota que ele devia amarrar os tênis, porque estava prestes a ver a velocidade de uma garota correndo e a força com que ela conseguia dar um soco.

— Eu era criança quando isso aconteceu. — Mas... quando ela fala essas palavras, tenho uma sensação de saudade. Ela tem razão, eu era bem mais confiante. Era eu que dava ideias do que fazer e onde ir. Era eu que mandava os garotos calarem a boca por estarem fazendo barulho demais e fazendo todo mundo ficar com dor de cabeça no meio de um passeio de escola. E nunca fui a garota que ficava esperando ao lado do celular, rezando pra receber uma mensagem.

— Foi no ano passado.

A culpa explode na minha barriga e incha. Eu me mexo com desconforto na cadeira.

— Sou a mesma pessoa — declaro. — Mas mais tranquila. Mais educada.

— Mais chata. Mais sem graça.

— Você está com inveja — respondo. Assim que as palavras saem, tenho vontade de enfiá-las de volta na boca, mas é tarde demais.

Shea pega o celular e se levanta.

— Sinto pena de você, Sav. Isso não vai acabar bem.

As palavras dela acabam com meu arrependimento.

— Ainda tem outros quatro irmãos Royal. Arruma um e depois conversamos.

Ela mostra o dedo do meio quando sai do meu quarto.

Apoio a cabeça na escrivaninha. Estou virando uma pessoa de quem não gosto. Não é surpresa Shea estar decepcionada comigo. Mas não é culpa do Gideon. É minha. Estou no primeiro ano e namoro o garoto mais popular do terceiro. Claro que vou ter questões de confiança. Cada vez que vejo o rosto dele sorrindo para mim, me pergunto o que ele está fazendo comigo.

Não vou ser uma chatinha imatura e exigente que precisa ter o namorado ao seu dispor. Isso não acaba bem. Jordan, por exemplo, é linda. Tem caras fazendo coisas bobas por ela o tempo todo. Mas ela também não consegue segurar um garoto. Eles se cansam de fazer o que ela quer quando ela quer.

É errado mesmo eu ser compreensiva quando a família do Gideon precisa dele? Acho que não. Preciso parar de ficar obcecada sobre o que Gid está fazendo todos os segundos do dia e ser mais independente.

Eu me viro para o computador e volto a trabalhar no vídeo que estava editando. Fico tão absorta no trabalho que uma hora se passa sem que eu olhe o celular. Na verdade, é uma ligação que chama minha atenção.

Atendo com ansiedade. Meu coração murcha um pouco quando vejo que não é Gideon.

— Oi, Francine.

— Acabou? — pergunta ela sem nem dizer oi.

— Quase. — Estou editando um vídeo de animadora de torcida para ela. Ela vai enviar como teste para a equipe de dança da faculdade na qual ela quer entrar no outono.

— Quero ver.

— Vou enviar.

— Não, traz seu laptop. Você sabe como eu sou.

Reviro os olhos. A garota mal sabe mexer no celular. Vive mandando mensagens constrangedoras nos grupos achando que está enviando para o namorado.

Começo a dizer sim, mas me lembro das palavras de Shea sobre eu deixar as pessoas (bom, Gideon especificamente) pisarem em mim. Posso ser incapaz de dizer não para o Gideon, mas não tenho motivo para deixar de me impor com os outros. Pelo menos, vou poder dizer para Shea que não sou capacho o tempo todo.

— Você pode vir aqui? Assim, se tivermos que fazer alterações, posso fazer no meu computador daqui. Vai ser mais fácil.

— Ah, pode ser — concorda ela, nada graciosa. — É que acabei de pintar as unhas e tenho que esperar vinte minutos pra poder usar as mãos.

— Quando você quiser vir, estarei aqui.

Há um momento de silêncio e:

— Ah, nada de Gideon, é?

— Ele está ocupado — digo rigidamente.

— Sei, está, sim. Até daqui a pouco. Tchau, tchau, Savannah.

Faço cara feia para o celular.

— Ele *está* ocupado, babaca.

Mas Francine já desligou. Ela chega uma hora depois. Shea saiu, e acabo mostrando o vídeo para Francine sozinha.

— Ah, está ótimo! — exclama ela, os olhos arregalados de surpresa.

— Você achou que ia ficar horrível?

Ela dá de ombros de leve.

— Nunca se sabe. Você é bem novinha, né. E filmou tudo com o celular. Podia ter ficado horrível.

— Por que você me pediu pra fazer isso se achava que ia ficar horrível?

— Ninguém mais quis. — Ela nem me olha quando fala. — Como mando pra faculdade?

Uau, será que a Shea está certa? Virei uma pessoa sem vontade própria que faz coisas pras pessoas e essas pessoas nem agradecem?

— Bota em um dispositivo de armazenamento e envia. Ou pode ser que tenha um lugar pra fazer upload. — Pego um pendrive barato na gaveta e enfio na entrada do computador. Com dois cliques, o vídeo é copiado. Eu o ejeto e entrego para Francine. — Pronto.

— O que é isso? — Ela vira o pequeno objeto nas mãos como se fosse uma coisa estranha.

— Seu vídeo.

Ela o devolve.

— Não sei o que fazer com isso. Você faz o upload.

Olho para ela com a boca aberta.

Ela vê isso como sinal para seguir em frente.

— É a Rosemont College. — Ela faz um sinal de enxotar com a mão. — Procura aí. Deve ter instruções em algum lugar do site.

Já chega. Pego a mão dela, coloco o pendrive e fecho os dedos em cima.

— Você consegue, Francine. Acredito em você.

A testa dela é maculada por uma pequena ruga.

— Não sei mesmo como fazer isso.

— Então pede ajuda pro seu irmão.

— Ele tem dez anos.

— E já deve ter baixado mais porcaria na internet do que você pode imaginar. — Sei que, aos dez anos, eu já fazia upload de vídeos. Eram horríveis, mas eu sabia fazer.

— Tudo bem. — Ela abre a bolsa e guarda o pendrive.

Olho na direção da porta, um sinal óbvio para ela ir embora, mas ela não se mexe. Parece que os sapatos Prada estão grudados no tapete.

— O quê? — pergunto com impaciência.

— Você tira fotos?

— Se eu faço o quê?

— Fotos. — Francine finge clicar uma.

— Se eu tiro fotos? — Estou me sentindo meio burra agora.

— Isso, fotos. Quero fazer um álbum especial pro Torin. Talvez até um vídeo. — Ela pisca rapidamente.

Ela está... movendo os cílios para me seduzir? Meu Deus, como ela é estranha. Todas as amigas da Shea são.

— Que tipo de fotos? — Tenho a impressão que já sei.

Ela sorri, mas é um sorriso assustador mesmo que ela não pretenda que seja.

— Você sabe. Íntimas.

Eu me encolho. Posso ser trouxa, mas até eu tenho limites.

— Não. De jeito nenhum.

Ela projeta o lábio inferior. Imagino que o beicinho e os olhinhos piscando devem funcionar em Torin, mas o efeito em mim é zero.

— Por quê? Você é tão boa nisso. — Ela balança a mão na direção do meu computador. — Faria um vídeo incrível. E eu sou péssima em selfies. Meu braço sempre fica na frente.

— Usa timer. — Vou até a porta e a abro.

— Timer? — Ela se move dois centímetros.

— É, timer. — Merda. Ela não vai sair enquanto eu não mostrar. Pego o celular na mesa e seguro na frente dela.

— Está vendo o reloginho? Clica nele e a foto é tirada em dez segundos.

— Ah, mostra! — Ela pula como uma garotinha.

Trinco os dentes, empilho alguns livros e coloco o celular em cima. Escolho o timer e me posiciono ao lado de Francine. Os segundos passam, a foto é tirada, e vou até a escrivaninha pegar o celular.

— Está vendo? — Deslizo a foto e esqueço que a que mandei para Gideon não tinha sido apagada. Abaixo o telefone rapidamente, mas não antes de Francine ver.

— Você seguiu meu conselho, pelo que estou vendo. — Ela sorri. — E a sua ficou bem melhor do que as minhas. Foi o timer, é?

Com as bochechas quentes, eu assinto. Ela finalmente anda na direção da porta.

— Não fica com vergonha, Savannah. Toda garota tem que fazer o que precisar pra segurar seu homem. As fotos que mando pro Torin fazem com que o garoto nunca passe fome. Ele não vai comer fora. Entende?

Faço que sim com um movimento fraco.

Ela dá um aceno de miss quando sai.

— Não precisa me levar até a porta. Até mais. Oi, Shea.

Não acredito que não apaguei a foto. Também não acredito que Francine viu. Argh. Acho que ela vai dizer alguma coisa para a minha irmã. Surpreendentemente, quando Shea aparece no meu quarto alguns minutos depois, ela não toca no assunto.

— Quer comer alguma coisa? — Ela só diz isso.

Faço que sim com ansiedade.

— Podemos comer pizza? Estou morrendo de vontade.

Shea normalmente não come pizza. Tem carboidrato demais, mas ela deve estar com pena de mim ou esse é o jeito dela de pedir desculpas, porque ela dá de ombros e diz:

— Claro, mas tem que ser marguerita, e é melhor a gente tomar refrigerante junto de uma vez.

— Oba! — Levanto as mãos em comemoração.

— Sua boba — diz ela, mas está sorrindo.

— Vou pegar a bolsa. — Caminho até a escrivaninha para pegar minhas coisas e meu telefone toca. Deve ser Francine querendo mais informações de como enviar o vídeo para a faculdade. Mas quer saber? Não vou ajudar. Já passei horas editando o vídeo. Ela que se vire com o resto. *Está vendo, Shea, não sou tão pau-mandado quanto você acha.*

Mas, em vez de Francine, é o rosto lindo do Gid que aparece na tela. Atendo com avidez. Por cima do meu ombro, ouço um suspiro; Shea deve ter visto quem era.

Eu me viro e atendo com voz baixa.

— Alô.

— Oi, gata — diz ele. — Quer me encontrar? Tenho um tempinho antes do treino de natação.

Sinto Shea respirando no meu pescoço.

— Claro. Quer comer alguma coisa? — Meu estômago ronca de expectativa.

— Não quero comer antes do treino, mas, se você quiser, eu topo.

— Não. Não. Não estou com fome — minto. — Quer que eu vá aí?

— Fraca — sussurra Shea atrás de mim.

— Ah, não. Que tal a gente se encontrar na Astor em quinze minutos?

— Claro — concordo e desligo. Estou com vergonha de encarar Shea quando falo. — Ah, vou pular o jantar hoje.

Minha irmã me encara com o que parece ser pena.

— Qualquer dia desses você vai se arrepender de pular cada vez que o Royal manda. — Shea suspira, derrotada. — Mas acho que você vai ter que aprender essa lição sozinha.

— Pois é — murmuro, pego a bolsa e saio.

Capítulo 14

GIDEON

DIAS ATUAIS

— Eu tinha me convencido de que você era o mais velho da sua família e tinha muitas responsabilidades. Afinal, minha própria irmã teve que fazer amizade com Jordan porque meu pai queria. Sua família precisava de você — diz Savannah, os olhos grudados em um ponto distante enquanto ela relembra como era quando estávamos juntos. Pela expressão fria dela, nada de que ela se lembra é bom.

— Se achava que eu estava mentindo e escondendo coisas de você, por que não falou? — pergunto.

Preciso encontrar um caminho, uma forma de convencê-la de que o passado ficou para trás e que, embora a gente não possa recomeçar de onde parou, é possível criar uma coisa nova juntos.

— Porque eu tinha medo de que, se dissesse alguma coisa, você mentisse mais. Eu não queria estar certa. Achava que era melhor ficar no escuro.

— Mas, agora, tudo está exposto. — Abro bem os braços. — Não tem mais escuro.

A linha severa da boca da Savannah se curva para baixo.

— Mesmo que eu te perdoasse pelo que você fez, não gostava de quem eu era quando estava com você. Eu comia o que você queria comer, quando você queria comer. Eu ia correndo cada vez que você chamava. Fazia tudo do jeito que você mandava. Não quero mais ser assim, nunca mais.

Sopro o ar com agitação. Eu também não gostava que ela fizesse tudo o que eu queria. Gostava da Savannah ousada e desafiadora que conheci no primeiro dia, não da garota dócil e obediente que ela virou. Mas ela não está tão diferente hoje. O cabelo continua lisinho e ela está usando uma saia de brim rosa e uma blusa estampada que poderia ter saído das páginas da revista *Sororidade Semanal*, se essa publicação existisse.

Eu observo isso:

— Você continua alisando o cabelo. Continua usando maquiagem. Ainda se veste...

— E daí? — interrompe ela com impaciência.

— E daí que... você não fazia essas coisas por mim? Pra me fazer gostar de você? — Falo sem me dar conta do quanto isso parece idiotice.

Se eu achava que Sav estava fria antes, não estou preparado para o frio ártico que acompanha as palavras seguintes.

— Não. Eu faço por mim — diz ela rispidamente. — Gasto tempo cuidando do meu cabelo porque gosto dele liso. Gosto de usar maquiagem. Gosto de ficar com essa aparência. — Ela passa a mão ao longo do corpo magro. — Eu não penso mais em você, Gideon. Você pode passar todo o seu tempo lamentando nosso passado e querendo recriar nossa época de ensino médio, mas eu já estou pronta pra seguir em frente.

Em desespero, digo:

— Você não vai nem perguntar por que vi Dinah duas semanas atrás?

— Deve ser porque ela é uma *stalker* maluca e obcecada que precisa de ajuda profissional. — Sav continua antes que eu possa dizer qualquer coisa. — Olha, o campus aqui é grande, Gideon. O complexo da faculdade de Administração fica a quase oitocentos metros do centro de Artes. Não vamos ter nenhuma aula juntos. Quero entrar pra irmandade e vou comer com as meninas de lá. Não tem nenhum motivo pra gente ter contato.

Quem está demonstrando desespero agora? Um brilho de esperança cintila no horizonte. Ela não estaria recorrendo a esses níveis extremos para me evitar se eu não a afetasse.

— Eu te vi em uma festa ontem à noite — observo.

— Coincidência.

— Então você vai me evitar pelo resto da vida?

— Se eu puder. — Ela nem me olha direito, e isso me dá uma sensação estranha de confiança.

Desafio o blefe dela.

— Então você não me superou. Como vai seguir em frente se não consegue nem olhar nos meus olhos? — Minha voz fica impaciente. — Eu sei pelo que você está passando. Porque estou passando pela mesma coisa.

Ela fica tensa.

— Estou aqui pra conhecer gente nova, viver novas experiências e descobrir o que quero da vida.

Uma luz se acende na minha cabeça. Gente nova? Posso fazer isso.

— Tudo bem. — Eu me viro de leve e começo a me afastar. — A gente se vê. Ou não.

Ela que ficasse pensando nisso.

Por mais que eu queira olhar por cima do ombro para ver se ela está olhando, concentro o olhar à frente e saio da linha de visão dela rapidamente. Quando a barra está limpa, pego o celular e envio uma mensagem no grupo que tenho com o Cal e a Jules.

Eu: *Quem vocês conhecem que está fazendo orientação de calouros esta semana?*

Cal: *Não rolou?*

Eu: *Acho que o placar está 3x2 agora. Preciso de ajuda. Jules?*

Jules: *Erica, lá da minha casa. Mas ela não vai te ajudar. Você é PNG aqui.*

Cal: *Porra né galera?*

Jules: *Persona non grata!*

Eu: *Jules. O que posso fazer pra mudar isso?*

Jules: *Fazer as pazes com a Sav?*

Eu: *Estou tentando. Meu plano é o seguinte...*

Conto tudo para eles. Cal, previsível como sempre, me apoia.

Cal: *Positivo, mano.*

Mas Jules fica em dúvida.

Jules: *Acho que você devia fazer alguma coisa diferente.*

Dou um suspiro frustrado.

Eu: *O quê? Estou aberto a sugestões.*

Jules: *Não sei.*

Eu: *Você é mulher. O que ia querer?*

Jules: *Eu poderia te atropelar com meu carro?*

Eu: *Se fosse o necessário, sim.*

Cal: *Aff. Que sem graça. Bom, não tem nada rolando hoje à noite. Tudo no campus. Só pequenos grupos em suas faculdades, então, se você não for aluno de Artes, não vai rolar.*

Eu: *Isso não se enquadra como Artes Liberais? Posso dar uma mãozinha.*

Jules: *Hmm, sim. Mas você é aluno de Administração.*

Eu: *E daí? Vão olhar nosso documento na porta?*

Cal: *O G pode ser aluno de Administração, mas Lucas Strong não é. Ele é mano de outro mano. Acabei de mandar mensagem pra ele. Está disposto a ceder o lugar dele no evento de hoje à noite.*

Jules: *Desisto.*

Eu: *Valeu, cara. Te devo essa.*

Cal: *Que nada. Resolve sua vida.*

Jules: *Vocês dois vão pro inferno.*

Eu: *Só se você vier com a gente, Jules.*

* * *

Passo a tarde na biblioteca, pesquisando o planejamento de atividades para a turma visitante do outono. Hoje, estão marcados para ir a diferentes faculdades e conhecer os alunos representantes. À noite, vão a vários locais do campus conhecer colegas para que, quando setembro chegar, haja rostos familiares na multidão.

Pulei o encontro para os alunos novos se conhecerem porque tinha uma reunião de natação e já havia conhecido a maior parte dos meus colegas de equipe em visitas anteriores. Mas alunos que não são atletas, como Savannah, não teriam as mesmas oportunidades.

Também faço uma pesquisa no Google sobre diferentes atividades em grupo, procurando a certa, que poderia facilitar um novo começo para mim e Sav. Escolho uma meio brega, mas que provaria para nós dois que há uma base sobre a qual poderíamos construir.

Quando acabo, está na hora de ir para a faculdade de Artes Liberais, um grupo de quatro prédios no lado leste do campus. Quando chego, já tem vários alunos lá, e quando falo vários, são umas duas centenas. Abro caminho até um grupo de alunos da minha idade usando bandanas vermelhas no pescoço e camisetas azul-céu. Se eu tiver que me vestir assim... Ah, droga, o que estou dizendo? Já falei para a Jules que ela poderia até me atropelar.

— Hum, ei, onde pego a minha camiseta? — pergunto ao cara com a prancheta na mão.

— E quem é você? — Ele aperta os olhos para o meu peito como se eu estivesse de crachá. Merda, estão mesmo verificando documentos. Seguro uma risada e mostro minha carteira de estudante.

— Lucas Strong. — Com sorte, aquele cara não conhece o Strong. O cara da prancheta verifica a lista, mas a atenção dele é desviada por outro aluno que chega com notícias de que dois novatos levaram bebida para a atividade. Antes que um grande debate comece, bato na prancheta. — A camiseta? — digo quando ele olha para mim.

Com um aceno apressado, ele me direciona para a esquerda.

— Ah, sim, bem ali. Pergunta pela Emily. Diz que Jamison falou que você precisa de uma camiseta. Você pode ser designado pra...

— Eu já fui designado.

— Ah, por quem?

Aponto na direção geral de um grupo de alunos de camiseta azul.

Jamison aperta os olhos outra vez.

— Ótimo. Pode ir, então.

Procuro Emily antes que possam me questionar de novo. Coloco a camiseta por cima da que estou vestindo e enfio a bandana no bolso de trás. Agora, só preciso descobrir em que grupo Sav está.

— Pra onde eu vou? — pergunto a Emily.

— Andie e Tome vão te dizer. — Ela aponta na direção de duas garotas louras.

Vou até elas e abro um sorriso Royal.

— Oi, Jamison me mandou aqui pra ver se vocês precisam de uma pausa pra irem ao banheiro.

— Ah, nossa, seria perfeito. — A que está de calça jeans skinny coloca uma prancheta nas minhas mãos.

— É, obrigada — diz a segunda garota, e as duas se afastam rapidamente.

Sinto um pouco de culpa, mas isso não me impede de olhar a lista atrás do nome da Sav. Ela está alocada no grupo T. Outra página da prancheta diz que o grupo T está com Steve Federowicz e Jaycee Lovett. Risco o nome do Steve e escrevo o meu, depois procuro Lucas Strong. Ele vai cuidar do grupo C. Escrevo o nome do Steve no lugar do dele.

A loura volta para pegar a prancheta.

— Precisa que eu procure seu grupo?

— Não. O Jamison já me disse.

— Legal. Valeu por cuidar das coisas pra nós.

— Sem problemas.

Tem letras nas paredes para marcar os vários grupos, e vou até a letra T. Pouco depois, Jaycee Lovett aparece. Ela tem cabelo frisado e sorriso largo, e percebo pela animação no jeito de andar que ela mal pode esperar para interagir com oito alunos de dezoito anos que vão agir como se soubessem tudo, mas que estão morrendo de medo por dentro.

— Sou Jaycee — diz ela. — Eu estudo Jornalismo.

— Matemática — digo. É o mais perto de Administração, na minha opinião.

— Ah, que difícil.

— Mas Jornalismo também não parece ser fácil. Ganhar a vida escrevendo? Eu não conseguiria.

— Eu amo, e cada aula me faz amar mais.

— Que maravilha pra você. — É raro encontrar alguém que se apaixona pelo que estuda. A maioria dos alunos parece mudar de curso umas seis vezes antes de se formar. Talvez até mais.

Lentamente, o grupo chega. Sav é uma das últimas a aparecer e me olha com desconfiança.

Jaycee se apresenta.

— Oi! Meu nome é Jaycee. Sou aluna de Jornalismo com estudo paralelo em História. Sou de Louisville, e apesar de todo mundo na minha família torcer pelos Cardinals, sou fã incondicional dos nossos Lions!

Ela ergue o punho no ar. Bato palmas com entusiasmo, e outros alunos aplaudem junto. Menos Sav, que está me fuzilando com o olhar.

— Lucas? — diz Jaycee.

— Sou Lucas, mas a maioria das pessoas me chama de Gideon. É meu nome do meio...

— Mentira — diz alguém no fundo, disfarçando de tosse. Ignoro Sav e continuo falando.

— Sou o mais velho de cinco irmãos homens e fiquei feliz de vir pra faculdade, onde só preciso dividir o banheiro com três pessoas.

— Obrigada, Lucas... quer dizer, Gideon. — Jaycee se corrige com uma risadinha. — Mais alguém tem apelidos que prefere usar?

— E você, srta. Montgomery? — pergunto. — Algum apelido especial?

— Nenhum — diz ela por entre dentes.

Faço que sim com simpatia.

— Tudo bem. Ótimo. Nossa primeira atividade vai ser um exercício de confiança. Escolham um parceiro pra gente começar. Savannah, você pode ficar comigo. — Aponto para um ponto à minha esquerda, longe do resto do grupo. O resto dos alunos começa a formar pares.

— Hum... — Jaycee cutuca meu braço. — Exercício de confiança? A gente ia começar com a mímica.

Olho a prancheta dela e leio o papel.

— Mímica. Mande os alunos fazerem mímica de palavras relacionadas com estudos, como professor, púlpito, ementa. — Olho para Jaycee. — Sério? A gente vai mandar eles fazerem mímica da palavra ementa?

— Claro. É só fazer em partes. A letra M e a palavra menta. Ementa. Entendeu?

Até que é uma solução inteligente, mas como a gente precisa fazer o jogo de confiança, digo:

— Eles não são nem calouros ainda. Vão saber o que é uma ementa? Já ouviram essa palavra? — Tiro a prancheta da mão dela, risco o jogo de mímica e escrevo "jogo de confiança".

— Um exercício de confiança é a coisa perfeita. Vai fazer os alunos se conhecerem. Além do mais, é uma atividade que une equipes, porque você sabe que professores amam trabalhos de grupo e os calouros são péssimos nisso.

Jaycee move os lábios antes de ceder.

— Tudo bem, mas você e eu não devíamos ser um par?

— Claro que não, a gente quer que os novos alunos tenham a sensação de que não estão fazendo nada que nós não faríamos. — Enfio mais baboseira, mais jargão corporativo que estou aprendendo nas aulas de Administração. — Vamos liderar pelo exemplo e ser inclusivos em nossas ações.

Jaycee assente. Internamente, ela está me achando um babaca, mas pelo menos não está me contradizendo. Só dá de ombros e vai ajudar todo mundo a formar duplas.

Vou até minha parceira e estico a mão.

— Oi, Savannah. Meu nome é Gideon. — Faço uma pausa e tento lembrar o sobrenome do Lucas. — Gideon Strong. É um prazer te conhecer.

— O que você pensa que está fazendo? — sussurra Sav enquanto aperta minha mão com dois dedos, sem firmeza.

— Fazendo novos amigos. Vivendo novas aventuras. Que tal eu ir primeiro?

Eu me viro e cruzo os braços sobre o peito.

Fecho os olhos e caio para trás.

Capítulo 15

SAVANNAH

DIAS ATUAIS

Vejo sem acreditar quando Gideon começa a cair. Jogo de confiança? É um jogo, mesmo, mas não de confiança. Eu me viro e começo a me afastar. Atrás de mim, as pessoas correm para segurá-lo.

— Ah, meu Deus!
— Segura ele.
— Aonde você vai?

Acho que a pergunta é direcionada a mim. Eu continuo andando.

— Aonde você pensa que vai? — A garota alegre de rabo de cavalo segura meu braço. — Você não pode fazer isso.

— Por quê? Era um jogo. — Levanto o nariz no melhor estilo Savannah Montgomery e vejo todos ao meu redor repuxarem o lábio com nojo. Muito bem, Sav. Já estou afastando as pessoas e ainda nem comecei a faculdade.

Meus ombros murcham. Não era assim que eu queria que a visita fosse. Era para ser um momento para eu me reinventar. Eu não tinha que ser a Savannah arrogante e insensível. Podia ser... bom, alguém que não faz aquela aluna bonita do segundo ano me olhar com uma mistura de confusão e reprovação.

Abro a boca para pedir desculpas...

— É minha culpa. — Gideon aparece ao meu lado e retira delicadamente meu braço da mão da garota. Tira a bandana e a oferece. — Sou Gideon Royal e nem devia estar aqui. Sou da faculdade de Administração.

Jaycee arregala os olhos. Os outros sete alunos do meu grupo se aproximam, percebendo o drama, que é bem mais interessante do que um exercício de confiança, mímica e outras atividades de conhecimento que estão acontecendo no salão.

— Você não é o Lucas? — pergunta Jaycee. Ela olha na prancheta para ver se tem alguma prova lá da declaração do Gideon.

Ele balança a cabeça.

— Não. Eu pedi pra vir no lugar dele porque queria ver a Savannah. Ela é minha ex-namorada...

Fico tensa e espero a acusação do quanto sou cruel porque não quero falar com ele, de que sou irracional porque não quero perdoá-lo.

— ... e terminou comigo porque coloquei um chifre nela. Estou tentando conquistá-la de volta.

As expressões no rosto das pessoas quase me fazem cair na gargalhada. O rosto de Jaycee varia entre choque e raiva.

Uma das garotas faz cara de desprezo.

— Quem trai uma vez trai sempre. Eu nunca aceitaria ele de volta.

— Ele disse que se arrependeu — retruca um garoto com uma camiseta vintage do Nirvana.

— Ele não falou isso — diz outra pessoa. — Só disse que queria ela de volta.

— Isso significa que ele se arrependeu — diz o garoto da camiseta do Nirvana.

— Todo mundo que trai se arrepende quando é pego. Não quer dizer que se arrependa do que fez.

— Você se arrependeu do que fez? — pergunto a Gideon, achando graça de ele estar sendo julgado na corte da opinião pública, mesmo sendo só sete alunos do ensino médio e uma do segundo ano da faculdade quem o está julgando.

— Foi a pior decisão da minha vida — diz ele na mesma hora. A boca se aperta em um meio sorriso. — Sei que não é legal se arrepender das coisas, mas eu queria mesmo poder voltar e tomar decisões diferentes.

— Tipo o quê? — pergunta a garota que classificou Gideon como um traidor eterno.

— É, tipo o quê? — Coloco as mãos nos quadris.

— Eu teria conversado mais com você sobre o que estava acontecendo na minha vida. Teria feito mais perguntas sobre o que estava acontecendo na sua, pra não acabar tirando conclusões idiotas. Teria mostrado que te amava em vez de só falar. — Essa parte ele diz baixo.

Sinto um nó na garganta. Engulo em seco, mas pareço entalada, tenho dificuldade de respirar e fico com os olhos cheios de lágrimas.

Gideon levanta a mão e a estica no espaço que existiu entre nós por tanto tempo.

— Vamos ficar e terminar isso — diz ele com a palma da mão perto da minha bochecha.

Não há contato, mas sinto o calor da mão dele. Oscilo, os pés nada firmes, como se uma corda invisível estivesse me puxando para mais perto e...

— Isso aí, fiquem! — exclama o garoto da camiseta do Nirvana.

A voz dele parece um jato de água fria. Eu me afasto, e Gideon abaixa a mão para a lateral do corpo.

— Seu idiota — sussurra alguém.

— O quê? O que eu fiz? — O garoto olha de um rosto para o outro, sem entender.

— Nada. — Gideon bota a mão no ombro do garoto. — Vamos brincar de mímica?

No começo, Jaycee reluta. Ela acredita que Gideon violou as regras, mas não sabe identificar exatamente quais. Depois de pedidos dos outros alunos, Gideon pode ficar. Mas nós o fazemos executar as tarefas mais constrangedoras.

Jaycee nos faz andar pelo salão dizendo nossos nomes. Depois, escrevemos uma coisa que vai nos deixar tristes quando nos despedirmos do ensino médio. O trabalho do Gideon é adivinhar quem escreveu cada pedaço de papel.

O primeiro que ele pega diz: "As amizades".

Ele nem olha na minha direção. Guiado por um sentido misterioso, ele coloca o pedaço rasgado de papel na frente da garota que me avisou para não o aceitar de volta. O nome dela é Livvy Swanson.

— Como você soube que fui eu? — pergunta ela, pegando o papel.

— Foi escrito em roxo, combinando com as suas unhas. — Ele aponta para as mãos dela.

Todo mundo olha.

As unhas dela estão pintadas de roxo, branco e preto, mas cada uma tem um desenho diferente. Listras em um dedo, bolinhas em outro. Ela está usando duas regatas sobrepostas e uma calça jeans com os joelhos rasgados. Gostei dela. Tem uma energia boa. Consigo me ver sendo amiga dela.

Forço as laterais da boca em um sorriso. A sensação é estranha. Não sou muito de sorrir, mas compensa quando a garota sorri para mim.

— Bom palpite — diz ela para Gideon. — É, vou sentir falta das minhas amigas. Estou com o mesmo grupo de garotas desde o jardim. Só uma delas vai estudar aqui. O resto vai se espalhar, e isso me chateia.

— Eu vou pra casa nos fins de semana — diz Gideon. — E dá pra trocar mensagens de texto e chamadas de vídeo pra ajudar a manter o contato. Dá trabalho, mas quando vocês se encontrarem de novo, vai ser bem melhor.

— Com que frequência você ia lá pra vocês dois se verem? — Livvy faz sinal na minha direção.

— A gente se via uma vez por mês, normalmente em festas. — Ele enfia a mão no chapéu e tira outro pedaço de papel. — "Minha família" — lê ele, e olha para o grupo.

Mallory Dunn, uma garota bonita de cabelo castanho na altura dos ombros, levanta a mão.

Livvy dá um tapinha nela.

— Ele tem que adivinhar.

— Ops. — Mallory dá uma risadinha, mas logo fica séria. — Fui eu. Tenho duas irmãzinhas e sou louca por elas. Não consigo imaginar não ver as carinhas fofas das duas todos os dias.

— É a mesma coisa dos amigos. Vocês vão se esforçar pra se verem.

— É. E você pode receber visitas delas. Vai ter um dia da família quatro semanas depois do começo das aulas. Elas vão adorar vir à State. Não é cedo demais pra elas serem parte da nossa família aqui — diz Jaycee com entusiasmo.

Algumas outras pessoas dão seus conselhos. Quando a conversa morre, Gideon pega outro pedaço do papel e lê:

— "Nada. Estou pronta pra faculdade." — Ele estica a mão e coloca o pedaço de papel na minha frente. — Esse é seu.

Amasso o pedaço de papel na mão, constrangida de não ter amigos nem familiares de quem vou sentir saudade. Meu queixo sobe e minha voz está fria quando digo:

— É, fui eu.

Para minha surpresa, o resto do grupo também assente.

— Por mais que eu vá sentir falta das minhas amigas — admite Livvy —, estou animada pra um novo começo.

— Não tem nada de errado nisso. Um novo começo é bom pra todo mundo. — O olhar do Gideon me convida a participar.

A intensidade do olhar me deixa incomodada, então olho para o meu colo. Quase falo uma besteira sobre a infantilidade daquela atividade e como esse tipo de programa é uma bobagem, mas me seguro. Todo mundo está sendo aberto e sincero, e estou com tanto medo que não quero mostrar nada de mim.

Gideon continua. Termina de ler todos os pedaços de papel, e ele e Jaycee se levantam e fazem um jogo de mímica com palavras baseadas em novas experiências na faculdade, como professor, aula, ementa e jogos de futebol americano aos sábados. Quero participar, de verdade, mas acabo sentada quieta. Livvy e Mallory participam com entusiasmo. Até o garoto da camiseta do Nirvana dá um pulo quando é a vez dele.

Quando chega a minha vez de fazer mímica, estou cheia de ansiedade. As palmas das minhas mãos estão suadas, e meu coração está batendo mais rápido do que o normal.

— Hora do filme! — anuncia uma voz no alto-falante. — Vamos encerrar as atividades planejadas com um filme curto sobre os recursos disponíveis na State, depois um lanche vai ser servido e vamos poder nos conhecer.

Expiro de alívio, mas, no final, uma espécie de lamento prevalece. Quando as luzes se apagam, Jaycee se senta ao meu lado.

— Há recursos no campus, se ele não te deixar em paz — sussurra ela. — É só você pedir que vou até os Recursos do Campus com você. A faculdade pode emitir uma ordem de não manter contato. Não funciona fora do campus, mas, aqui, ele teria que obedecer.

Viro a cabeça para olhar o rosto sincero dela.

— É mesmo?

— É, a faculdade faz suas próprias regras. Ele também pode ser expulso, se houver provas suficientes. — Ela me entrega um pedaço de papel.

Olho para baixo e vejo o nome e o número dela. Essa é minha chance de me livrar dele. Se eu disser sim, Jaycee vai me ajudar a denunciá-lo.

Olho para Gideon, que está conversando com Livvy. Não foi isso que eu sempre disse que queria? Não ter que falar com ele de novo. Não vê-lo. Não ficar perto dele.

O nó na minha garganta desce para o estômago. Como falou para Livvy, Gideon ia regularmente para casa naquele ano, e eu o via. Às vezes, a gente brigava. Na maior parte das vezes, eu me esforçava para ignorá-lo, mas não conseguia de verdade. Eu o acompanhava disfarçadamente, esperando para ver com que garota ele ficaria, mas ele nunca ficava com ninguém. E não era por não ter oportunidades. Ele é Gideon Royal. Em Bayview, todas as garotas solteiras e algumas comprometidas teriam pisado na própria irmã para ir para a cama com ele. Mesmo aqui, as garotas não param de se aglomerar em volta dele.

— Não — eu me vejo dizendo. — Ele não está me incomodando.

— Tem certeza?

Abro um sorriso forçado para Jaycee.

— Tenho, sim.

O filme começa. Não me lembro de muita coisa, porque estou concentrada relembrando o passado. Meu primeiro dia na Astor, quando Gideon reparou em mim. Quando me chamou pra sair. Quando demos nosso primeiro beijo. Quando aconteceu nossa primeira vez, que não foi tão incrível quanto eu achava que seria, e depois a primeira vez que fizemos amor, tão maravilhosa que finalmente entendi por que as pessoas escreviam livros e poemas e músicas sobre aquilo.

Apesar de todas as vezes que ele me magoou, houve vezes em que ele me fez tão feliz que parecia que eu estava nas nuvens.

As luzes se acendem e quem está ao meu lado, em vez da Jaycee, é o Gideon.

— Posso te levar pra casa? — pergunta ele baixinho.

Faço que sim. Acho que já está na hora de conversarmos sobre o que vai acontecer com a gente nesse futuro novo.

Quando nos despedimos, Jaycee me lembra de que posso ligar para ela quando quiser. Livvy e eu trocamos números, e ela se inclina para perto do meu ouvido.

— Talvez ele não seja tão ruim assim — sussurra minha nova amiga.

Talvez.

Capítulo 16

※

SAVANNAH

DIAS ATUAIS

Tem mais de cinquenta garotas na casa da irmandade, mas, às sete horas de uma manhã de domingo, só umas poucas estão acordadas. Algumas estão se arrumando para ir à igreja. Outras, como Kira e eu, estamos com canecas de café na mão, acordadas porque nossa colega de quarto, Jisoo, é viciada em correr.

Ela e Kira chegaram em casa poucas horas antes, e Jisoo estava tão bêbada que nem conseguia formar palavras de uma sílaba só direito. Ficava apontando para partes variadas do quarto para indicar do que precisava. Água, por exemplo, foi uma conclusão a que chegamos porque ela apontou para o livro de Ciências, que tinha uma gota d'água na capa. Pegamos um cobertor extra no armário depois que ela passou as mãos pelos braços várias vezes. Parecia que eu estava brincando de mímica. Mímica com uma bêbada. Uma bêbada que conseguiu sei lá como se levantar da cama e calçar os tênis laranja de corrida assim que o sol surgiu no horizonte.

Depois de meia hora tentando inutilmente voltar a dormir, pulei da cama. Kira, com os olhos embaçados, desceu a escada atrás de mim e nós sentamos e tomamos café enquanto esperávamos o retorno de Jisoo.

— Não tem muita gente acordada — comento.

— A semana pesada começa amanhã — responde Kira, a voz rouca de sono. — Nós todas tivemos a última noitada antes de termos que começar a injetar Red Bull na veia pra conseguir virar a noite estudando. Vi você passar com seu ex ontem à noite. Tudo bem com ele?

O caminho do campus até a casa da irmandade nos fez passar pela casa Sigma Qui, onde minhas futuras irmãs estavam.

— Nós fizemos um acordo de não brigar mais.

— É um cessar-fogo ou uma trégua permanente?

— Trégua permanente. Estou cansada de ser a menina má que sempre acaba fazendo com que os outros a odeiem.

— A gente te ama. Além do mais, adoro seus comentários mordazes. Você tem coragem de dizer o que a gente sempre pensa.

— Acho que você quer dizer que sou burra demais de falar o que devia ficar no pensamento.

Ela observa minha expressão.

— Você não parece feliz de ter feito as pazes com o Gideon.

— Tenho a sensação... de que perdi — confesso. — E de que sou burra por deixar isso pra trás.

— O que tem de burrice nisso?

Aponto para o meu peito.

— Essa coisa aqui dentro ainda tem sentimentos pelo Gideon. — Dou um suspiro triste. — Ele está certo. Ainda devo gostar dele, se sinto tanto ódio.

— Pode ser que você não odeie ele — argumenta Kira. — Pode ser que odiá-lo tenha se tornado um mau hábito seu, tipo fumar.

— Como eu posso não o odiar? Ele me traiu. E não com uma garotinha mais nova nem com uma colega gata do terceiro ano, mas com uma mulher mais velha. — Faço uma careta. — Acho que ela tinha quase trinta anos.

Kira recua, horrorizada.

— O quê? Achei que ele tivesse ficado com uma garota da sua escola! Ela era professora? Mãe de alguém?

— Esposa do melhor amigo do pai dele.

Não sei como é possível que olhos fiquem tão arregalados como os de Kira ficaram.

— Estou acordada mesmo? — pergunta ela. — Não estou sonhando que estou no meio de um episódio de *Real Housewives*, né?

Um sorriso relutante se abre no meu rosto, e fico feliz de conseguir rir do meu passado estúpido e trágico.

— Está acordada, sim, e acho que nenhuma daquelas mulheres pensou em fazer alguma das coisas que a Dinah fez.

— Uau. Nossa. Estou com a sensação de que o que vem agora é um babado e tanto e não quero que você tenha que contar duas vezes. Vamos esperar a Jisoo voltar.

Kira pega o celular para verificar o progresso de Jisoo. As duas compartilham locais pelo celular. É fofo esse jeito delas de uma cuidar da outra.

— Ah, ela está quase chegando. — Kira vira a tela para que eu veja.

Como prometido, Jisoo chega momentos depois, sem fôlego e suada. Kira não deixa nem que ela pegue um copo de água.

— Vai tomar banho agora.

— Estou com sede — reclama Jisoo, olhando afoita por cima do ombro enquanto Kira a empurra pela casa.

— Pode beber água no chuveiro.

— Que nojo.

— Pega um copo de água pra essa reclamona — instrui Kira a mim.

Faço que sim e vou até a geladeira.

— Preciso de gelo na água — grita Jisoo.

— Você precisa tomar banho.

As duas continuam discutindo, as vozes ficando mais baixas conforme Kira vai empurrando Jisoo pela escada. Pego a água e vou atrás. Na metade do corredor, vejo meu reflexo no espelho.

Meu cabelo está cheio de volume agora. Cachos de fios novos de cabelo se formam acima da minha testa. O cabelo liso de sempre está explodindo em ondas e espirais. Passo a mão pelo volume. Todas as manhãs, acordo cedo para alisar o cabelo porque era o que eu achava que Gideon preferiria. Passei tanto do meu tempo com Gideon tentando ser quem ele gostava e tanto do meu tempo depois disso odiando a ele e a mim mesma.

A cabeça da Kira aparece no alto da escada.

— O que foi?

— Odeio meu cabelo.

— Como assim? Seu cabelo é lindo. Muito sexy.

— Parece que enfiaram meu dedo na tomada.

Kira desce a escada e me empurra para longe do espelho.

— Eu amo o seu cabelo. É incomum. Todas as garotas daqui fariam de tudo pra ter seu cabelo. Não sei por que você faz chapinha todos os dias. Por que ser igual a todo mundo se você pode ser diferente?

— Seu cabelo não é liso, e você não faz chapinha. — Aponto para os cachos da Kira.

— Exatamente. — Ela passa a mão debaixo do cabelo. — É volumoso e fabuloso. — Ela pisca para mim e me empurra para o quarto. — Pergunta à Jisoo.

— Me perguntar o quê? — diz Jisoo.

— Você gosta do cabelo natural da Sav ou não?

— Amo. Tive pensamentos de pura inveja dele. — Jisoo pega o copo de água da minha mão e faz sinal para eu me sentar na cama dela. — Você devia abandonar a chapinha.

Sento-me na ponta da cama enquanto ela bebe a água toda.

— Ou não — diz Kira. — Se o cabelo liso faz com que você se sinta melhor, vai nessa. Eu passo batom e rímel todos os dias não por querer ficar bonita pra algum cara, mas porque me sinto melhor comigo mesma. Sei como deixa minha aparência. Então, se você prefere seu cabelo liso, seja feliz, mas seus cachos são lindos, e você não devia ter medo de mostrá-los.

— Isso mesmo. — Jisoo coloca o copo na mesa, puxa a cadeira da escrivaninha e aponta para mim. — Agora conta a história e diz como podemos ajudar.

— Vou contar a versão curta porque passar qualquer período falando sobre essa pessoa horrível vai estragar um dia lindo. O pai do Gideon é Callum Royal. Ele é melhor amigo e sócio de um cara chamado Steve O'Halloran, por toda a vida. Steve é tio dos Royal, mas não de sangue. Alguns anos atrás, ele se casou com Dinah, que tem carinha de anjo, mas é o diabo. Ele foi até a cobertura dela uma noite e... — Eu respiro fundo, afastando as pontadas de dor que espremem meu coração quando chego na parte seguinte. — E transou com ela. Ele transou com a Dinah.

— Uau.

— Que horror. Sei que você disse que ele te traiu, mas isso é horrível. — Jisoo se levanta da cadeira e se senta ao meu lado.

Kira remexe na mesa de cabeceira e se aproxima de nós. Coloca um punhado de bombons na palma da minha mão.

— Come. É um ótimo remédio.

Jisoo pega um.

— Traz o saco, mana. Vamos precisar da receita toda. O que aconteceu depois? Como você descobriu?

— Ela me mandou uma mensagem de texto.

— Como é que é? — pergunta Jisoo.

— Que vaca! — Kira ofega.

Assinto.

— É, no dia seguinte ela me mandou uma mensagem dizendo que, apesar de eu ser um amor de garota, eu era só uma garota, e um homem como Gideon precisava de uma mulher pra satisfazer os desejos dele.
— Que nojo.
Kira concorda.
— Muito.
— E aí, ela mandou um presentinho de melhoras.
— Como é?
Elas me olham, chocadas.
Começo a rir.
— Pois é, foi um pacote com coisas como canja de galinha, sorvete, vale-presente de um spa, um livro sobre como superar um término ruim. Ela pediu desculpas e jurou que era melhor assim.
— O que você fez?
— No começo, nada. Fiquei chocada demais. Depois, liguei pro Gideon e pedi pra ele se encontrar comigo. Vi a culpa na cara dele. Não deixei que ele dissesse nada. Saí do carro e entrei correndo em casa.
— Ele se explicou? — pergunta Jisoo.
— Ele me disse que se arrependia, mas que não queria me magoar e que era melhor a gente terminar.
Jisoo dá um tapinha no meu ombro.
— Meu Deus, pobre garota.
Kira abre outro chocolate e coloca na minha boca. Como com gratidão, deixando o gosto agridoce derreter na minha boca. Jisoo me puxa para perto do seu corpo miúdo, e Kira me abraça pelo outro lado.
— O bom é que você está aqui com a gente agora, e nós vamos te ajudar. Como a Shea ajudou. Você não está sozinha.
— Isso mesmo. Somos irmãs pra vida toda.
Quase começo a chorar. Achava que minhas lágrimas tinham acabado anos antes, mas, quando olho para os rostos

preocupados das garotas que conheci dias antes, fico emocionada e sinto um pouco de raiva de mim mesma. Eu poderia ter tido amigas assim no ensino médio.

A irmã postiça do Gideon tentou se aproximar de mim, até, mas eu a enxotei o mais rápido que pude. Eu me ressentia dela por estar na casa com os Royal. Odiava como todos a amavam. Fiquei com raiva quando ela se recusou a ouvir meus avisos sobre aquele verme do Daniel Delacorte. Quando a vi na casa da piscina com ele, eu soube o que ia acontecer. Ainda bem que encontrei o Reed. Tive medo de ter chegado tarde demais.

Mas houve um momento em que a porta da amizade foi aberta, e eu a fechei. Vivi os anos anteriores com ressentimento, odiando tudo e todos... inclusive eu mesma.

Era exaustivo, percebo. Eu estava sempre cansada porque gastava muita energia dando força à minha negatividade.

Eu me entrego ao abraço das minhas novas amigas e empurro os pedacinhos do meu coração para longe, para abrir espaço para algo novo ser construído. Algo lindo e novo e forte.

Capítulo 17

GIDEON

DIAS ATUAIS

— Aonde você vai levar ela?

Olho por cima do ombro para Cal, que está deitado na minha cama, jogando no celular.

— Holiday Park. — Remexo na cômoda, procurando um moletom que eu possa emprestar para Sav caso ela sinta frio.

— Meio remoto, né?

Jogo o moletom na cama ao lado do cobertor.

— É, mas é isso mesmo que eu quero.

— Ah, entendi. Você quer um pouco de prazer natural, né?! — Ele ri da própria piada ruim.

— Algo assim. Quero mesmo é privacidade. — Enrolo tudo no cobertor e boto no ombro.

Quando pego o celular, ele toca. Uma olhada rápida na tela me faz franzir a testa. É o mesmo número que já ligou duas vezes antes. Como nunca atendo às chamadas não identificadas, aperto o botão de cancelar e penso que tenho que bloquear o número assim que puder.

— Você volta hoje? — pergunta meu colega de quarto.

— Talvez. Vai depender da Sav.

— Me manda uma mensagem se precisar do quarto hoje à noite.

— Pode deixar. — Eu paro na porta. — Ano que vem a gente devia ir morar em outro lugar, você não acha?

Cal sai da cama e bate com o punho no meu.

— Ah, sim. Vou olhar os classificados. O que tem que ter?

— Quartos e banheiros separados. Ar-condicionado. Perto do campus. Não me importo de dirigir, mas pode ser que Sav não queira.

Cal ergue as sobrancelhas.

— Você está supondo muitas coisas, não?

Dou de ombros.

— Não faz sentido começar pensando em fracasso. — Savannah está me dando uma segunda chance. Planejo grudá-la em mim com supercola.

— Boa sorte, mano! — grita ele quando saio.

Aceno para mostrar que ouvi e ligo para Sav com uma das mãos.

— Estou saindo — digo para ela.

— Estarei pronta — diz ela sem hesitar.

— Te vejo em dez minutos.

Estou quase assobiando quando chego no carro. Tudo está encaminhado. Coloco o cobertor na parte de trás do Rover e dirijo a curta distância até a casa da irmandade. Sav devia estar esperando na janela, porque sai pela porta quase antes de eu terminar de parar o carro.

Saio do carro e pego a bolsa dela.

— Está com medo de eu entrar? — brinco.

Ela treme, fingindo horror.

— Lá dentro está pior que um baile de debutante. Tinham tantas câmeras apontadas pra mim que parecia que eu era uma celebridade que acabou de divulgar um vídeo de sexo.

Quase engasgo com a saliva.

— Nossa, parece horrível — consigo dizer.

Ela inclina a cabeça para o lado.

— Tudo bem?

— Tudo. Só engoli errado. — Abro a porta do passageiro e quase a empurro para dentro. Guardei segredo da chantagem da Dinah por tanto tempo que não faz sentido Savannah saber agora. Eu estava tentando protegê-la de um monte de coisa horrível na época e vou continuar a protegê-la agora.

Entro no carro e ligo o motor.

— Pensei em irmos ao Holiday Park. Tem umas trilhas de caminhada na sombra e um laguinho onde a gente pode fazer um piquenique. Que tal?

— Está bom.

— Olha, gostei do seu cabelo — comento quando nos afastamos do meio-fio.

— Obrigada.

Com o canto do olho, vejo-a passar as mãos nos cachos. Foi um choque ver a Sav com cabelão, mas também é muito sexy. Tem uma outra diferença nela hoje. Não só o cabelo, mas como ela está se portando: com confiança, ousadia.

Gostei muito.

— Alguma ideia do que você quer almoçar? — Jogo meu celular no colo dela.

— Você está me dando seu celular? Isso não é perigoso? — O tom dela é de provocação, mas há uma seriedade na voz dela.

— Não. Pode xeretar. É um tédio.

— Que decepção. Você nem salva uns memes bons? Como se distrai?

— Deixo que os outros façam o trabalho por mim. — Um sorriso largo se abre no meu rosto. Não me lembro da última vez que só brincamos assim.

Há um momento de silêncio e Sav diz:

— Humm.

— Humm o quê?

— Humm, seus emojis mais usados são o chorando e o revirando os olhos.

— Cal e Julie são meus melhores amigos. Claro que esses são os únicos dois emojis que eu uso. Por quê? O que você usa?

— Tenho vergonha de dizer que a maioria dos meus emojis inclui alguma forma de coração. E a garota de camiseta roxa dando de ombros.

Não consigo segurar uma risada.

— O quê? Essa não é a Savannah que eu conheço. — E amo, termino em pensamento.

— Acho que, na terra dos emojis, sou carinhosa e emo.

— Ou tem bons amigos para quem mandar mensagens. Agora que vamos trocar mensagens, tenho a sensação de que os olhos revirando vão aparecer muito.

— Nós vamos?

— Bom, eu vou. Espero que você responda.

— Depende do quanto você me distrair.

— Vou baixar uma caralhada de memes assim que sairmos do Rover — prometo.

— Não precisa exagerar.

— Pode deixar. — Mudo de assunto. — E aí, você acha que vai gostar do departamento de Cinema?

— Vou, tem uns programas bem legais. É bem prático.

— Ela parece animada.

— Estou ansioso pra ver o que você vai fazer. Você quer ser diretora? Produtora? Não sei a diferença — admito.

Nunca conversávamos sobre essas coisas quando estávamos juntos. Não sei se era porque eu não perguntava ou porque ela não falava. Eu devia ter perguntado. Agora, sei disso. Mas eu estava focado demais nos meus próprios dramas.

— Montadora. É a pessoa que corta o filme e monta de novo.

— Que legal. — Meu curso de Administração parece chato em comparação. — Alguma outra aula?

— Vou fazer algumas matérias de Literatura e de Artes, pra ajudarem na minha capacidade de contar histórias, mas planejo passar a maior parte do tempo no departamento de Cinema, se puder. Adrian disse que quanto mais horas eu passar fazendo trabalho real em comparação a ler ou ver outras pessoas trabalhando, melhor.

Aperto as mãos no volante.

— Adrian é o cara de Cinema com quem você estava conversando outro dia?

— É. — Ela parece achar graça. — Aquele em quem você queria bater.

Olho rapidamente para ela.

— Deu pra perceber?

Ela abre um sorrisinho.

— Você é um Royal. Claro que seu primeiro instinto é dar porrada quando não gosta de um cara.

— Ei, o Reed que é assim — protesto. — Eu não sou de briga.

— Ah, não? Você não quebrou um dente do John David durante o baile de inverno?

Escondo um sorriso.

— O John David caiu na minha mão e um dente se soltou.

— Se repetir essa mentira te faz se sentir melhor... Eu nem lembro por que você ficou com raiva dele. Foi por causa da sua mãe?

— Não.

— Você não vai me contar, vai?

Uma semana antes, eu não contaria.

— Ele disse que você beijava mal.

— Que babaca! — exclama ela. — Eu nunca nem beijei ele! De onde ele... Por quê... — gagueja ela. — Acho que você não bateu com força suficiente.

Flexiono a mão.

— Provavelmente não. Na próxima vez que o encontrar, bato de novo.

— Eu também quero bater nele — diz ela com indignação.

Dou uma risada.

— Pode deixar. A gente pode voltar a Bayview pra isso.

Ela também ri.

— Que nada. Ele não vale o esforço. O pobre coitado nem deve ter chegado perto da boca de uma garota pra saber como é beijar e menos ainda se é bom.

Paro no sinal e me viro para observá-la. O perfil dela está delineado pelo sol. Queria estar com meu celular para tirar uma foto.

— Você está linda pra caralho, Sav.

Ela levanta a cabeça e me olha, os olhos arregalados, os lábios carnudos entreabertos, como se estivesse surpresa com o que falei.

Eu teria ficado olhando se o carro atrás de nós não tivesse apertado a buzina. O sinal ficou verde. Piso no acelerador.

— Você parece surpresa.

— Eu não fui bonita a ponto... — Ela para de falar.

— De me impedir de trair? — termino a frase por ela.

Ela assente com tristeza.

— Nunca foi por causa da sua aparência, gata. Assim que bati os olhos em você, você se tornou a garota mais deslumbrante que já vi. Peço desculpas por ter provocado dúvida sobre isso.

Eu queria não estar dirigindo para poder ver a expressão dela. Lanço um olhar de lado e fico aliviado de ver que ela não está com raiva. Está mais para reflexiva.

— Só quero esquecer — diz ela.

Será que a gente consegue? Não tenho certeza, mas topo se ela topar.

— Tudo bem. E o almoço?

— Você tem treinado? Está precisando de um zilhão de calorias?

— Não. A temporada de natação termina com a competição nacional em março, mas... — De novo, eu queria não estar dirigindo. — Não vou nadar ano que vem.

— Como assim? — pergunta ela, surpresa.

— Pois é. O esporte universitário é como se fosse um segundo emprego, e meu pai quer que eu passe mais tempo aprendendo sobre a empresa por causa... — Limpo a garganta. — Por causa do Steve.

— Ah. Uau. Quando você decidiu isso?

— Nas duas últimas semanas — admito.

— É a coisa certa pra sua vida? — Ela faz uma pausa. — Por outro lado, a família sempre foi tudo pra você, né?

Há um toque de amargura na voz dela, mas não a culpo. Guardei tantos segredos da Sav porque achava que a protegeria, mas no final só fiz com que ela se sentisse menos importante do que as outras pessoas da minha vida. Botei o ponto-final nisso quando transei com a Dinah.

— Sei que é o que parece. Escondi tudo aquilo de você porque me estressava, e achei que estressaria você também. Nem pensei em compartilhar. — Abro um meio sorriso. — Mas estou diferente agora. Vou te contar tanta coisa que você vai ficar cansada de ouvir. Entre os memes e os gifs e os emojis de coração, vou contar o que estou comendo, o que estou estudando, que videogame estou jogando, quantas vezes estou me barbeando, quando vou ao ban...

— Tudo bem, tudo bem! — interrompe ela, rindo de novo.

Meu coração dá um salto. Não a ouço rir tanto há anos.

— Vamos comprar sanduíches no Open House Café. Parece bom. É vegetariano. — Tem certa provocação na voz dela, como se ela estivesse me desafiando a protestar, mas eu comeria terra se significasse que posso ficar com ela.

— Parece ótimo. Gosto de um bom cogumelo. Espera. Você virou vegetariana? — O quanto da vida da Sav eu não sei?

— Não. Mas estou com vontade de uma boa salada hoje.

— Legal. Liga pra pedir e paro lá pra buscar.

— Tudo bem.

Mas, antes que ela possa fazer o pedido, meu celular toca.

— Pode atender pra mim? — digo. — Não vou atender dirigindo.

Ela hesita, mas leva o celular ao ouvido.

— Deve ser telemarketing — digo para ela. — Estão me ligando a manhã toda.

— Alô. Celular do Gideon — diz ela.

Enquanto dirijo, ouço um murmúrio e um som de surpresa.

— Ah. Hum, só um segundo.

Lanço outro olhar para ela antes de entrar no estacionamento do café. Ela está com a mão cobrindo o microfone.

— Quem é? — pergunto.

Ela lambe o lábio inferior.

— É o Steve. Ele quer falar com você agora mesmo. Na verdade, está te esperando no Holiday Park.

— Steve?

— Steve, seu, hum, o marido da Dinah.

— Merda. — E como ele sabia que estávamos indo para o Holiday Park? Está me perseguindo igual aquela esposa maluca fazia?

— Acho melhor você me levar pra casa. — Savannah se mexe no assento, como se estivesse pronta para pular da picape naquele segundo.

— Não — digo com seriedade. Com uma das mãos, pego o telefone da mão dela e desligo na cara do Steve.

— Você desligou na cara dele?

— Desliguei.

Ela franze a testa.

— O que você vai fazer?

— Nós... — e enfatizo bem a palavra. — Vamos comprar nosso almoço e seguir para o Holiday Park.

— E o Steve?

Dou de ombros.

— Bom, não posso passar com o Rover por cima dele, então vamos ignorá-lo.

Um sorriso leve repuxa os lábios lindos dela.

— O Steve que vá à merda? — diz ela.

— O Steve que vá à merda — repito.

Capítulo 18

GIDEON

DIAS ATUAIS

Quando chegamos ao parque, o Bugatti do Steve está parado no estacionamento. Tem um grupo de garotos adolescentes e seus pais parados em volta. Steve está no banco do motorista, curtindo a atenção. Eu me pergunto o que Dinah vai fazer com o carro quando Steve estiver preso. Provavelmente, filmá-lo sendo jogado de um penhasco, em um fim ardente e caro.

— O que você acha que ele quer? — pergunta Sav. Apesar de o tom dela ser firme, percebo pela rigidez do corpo que ela está incomodada.

Somos dois.

— Quem sabe.

— Não é melhor ligar pro seu pai?

— Não. Ele vai me mandar ficar longe.

— E por que esse conselho seria ruim?

— Eu te convidei pra um piquenique no parque. Nós não vamos deixar que o Steve mande na gente.

Abro um sorriso leve, paro o Rover ao lado de um Suburban gigante e faço sinal para Sav esperar enquanto saio e contorno a frente do carro para abrir a porta dela. Do outro lado do estacionamento, vejo Steve saindo do carro dele.

Ele desvia de algumas perguntas sobre o carro, aponta na minha direção e deixa rostos decepcionados para trás.

— Pode pegar nosso almoço? — peço a Sav.

— Você não vai mesmo ver o que ele quer?

— Não. — Não vou facilitar as coisas para o Steve. Fui até lá ter um encontro com Sav. Ele precisa se adaptar a mim, e não eu a ele.

— Essa coisa de evitar nunca funciona. Pode acreditar em mim. Já tentei e nunca deu certo, não com gente insistente. — Ela abre um sorrisinho.

Um sorriso relutante se forma nos meus lábios, pois sei que ela está falando de mim.

— A carapuça serviu, mas espero que essa seja a única coisa que tenho em comum com o Steve.

É para ser piada, mas nenhum de nós dois ri. Steve matou uma mulher, caramba.

— Cedo demais? — digo ironicamente.

Mas Steve chega até nós antes que ela possa responder.

— Gideon, como você está, garoto? — Ele inclina a cabeça. — E quem é essa?

— Savannah.

Não me dou ao trabalho de apresentá-los direito, uma falha enorme de bom modos. Se minha mãe estivesse ali, me daria um tapa. Por outro lado, se minha mãe estivesse ali, teria acabado de sair da cama do Steve, porque aparentemente os dois tinham um caso pelas costas do meu pai.

— Espera um segundo — digo para Sav. — Vou pegar o resto das coisas lá atrás. Steve, se você tem alguma coisa pra perguntar, pergunta agora.

Vou até a parte de trás do Rover e pego o moletom, as bebidas e um presentinho que comprei para Sav. Deixei muitos aniversários e datas comemorativas passarem e quero compensar.

— Vamos dar uma volta? — sugere Steve. — Não precisa envolver garotinhas inocentes nas nossas questões de família. — Ele lança um olhar não tão inocente na direção de Sav.

Bato a porta e vou até Savannah.

— O que você tiver pra me perguntar, a Sav pode ouvir. Não guardo segredos dela.

Steve levanta a sobrancelha.

— Sabe de uma coisa? Quando me aproximei, não te reconheci, srta. Montgomery.

Sav passa a mão constrangida pelos cachos.

— Deve ser por causa do meu cabelo. Eu alisava.

Ele franze a testa.

— Não, é outra coisa. — Um sorrisinho cruel se abre no rosto dele e gera um arrepio pela minha espinha. — Devo ter te confundido com outra pessoa.

Percebo naquele momento que ele viu as fotos dela. Não sei se Dinah compartilhou com ele ou se ele xeretou nas coisas dela e viu, mas ele sabe. Ele sabe e está imaginando minha doce Savannah sem roupa.

Procuro a carteira, pego uma nota de vinte e entrego para ela.

— Tem um quiosque ali. — Aponto para um prédio branco pequeno. — Pode comprar uma água pra mim? Eu queria ter comprado uma garrafa no restaurante, mas esqueci.

Sav estica a mão lentamente para pegar a nota.

— Por favor — digo, me perguntando se pareço muito desesperado.

Ela olha com desconforto para mim e para Steve.

— Claro — diz ela e se afasta.

O olhar do Steve está grudado nas costas dela.

— Se você ficar olhando a bunda dela, meu soco vai acertar sua cara — rosno.

A expressão dele fica vaga quando ele se vira para mim.

— Mas é uma bunda ótima. Mais bonita quando não tem nada escondendo.

Largo as coisas no chão e faço meu punho voar, mas Steve segura minha mão antes que chegue perto dele.

— Pensei que você não tivesse segredos com sua garota, mas parece que é mentira. Não se preocupe. Eu entendo. Também minto pra que as pessoas não fiquem magoadas. — Ele solta minha mão.

Dou um soco nele. É um soco curto sem muita força, mas tenho uma satisfação enorme de ver a cabeça dele ser jogada para o lado.

Steve contrai o rosto. Ele recua e bota a mão no maxilar.

— Vou deixar essa passar, garoto, mas se você bater em mim de novo, sua garota vai encarar a punição.

— O que você quer? — pergunto entredentes.

— Quero que testemunhe num julgamento. Sei o que Dinah fez com você, que te chantageou pra ir pra cama com ela. Ela continua te perseguindo, mesmo aqui na State. Testemunhe no meu julgamento sobre ela e Brooke terem conspirado pra fazer mal à sua família.

Prefiro comer uma cobra inteira a revelar esses segredos num tribunal.

— Por que eu faria isso?

Ele dá de ombros.

— Porque tenho as fotos da sua namorada bonita.

Uma onda de raiva, fúria e frustração me deixa mudo por um momento.

— Ela tem dezoito anos — digo. — O estatuto das acusações de pornografia infantil já era.

Ele curva os lábios.

— Quem está falando sobre acusações criminais? Acho que o constrangimento público porque os *nudes* foram vazados no mundo todo pra qualquer imbecil com conexão de internet ver supera uma acusação de troca de mensagens sexuais entre dois adolescentes com tesão.

Eu bateria nele de novo, mas, pelo canto do olho, vejo Sav se aproximando.

— O tempo está passando — diz Steve. Ele também vê Savannah.

Eu queria deixar o passado para trás, mas parece que não consigo. O caminho está se bifurcando. Em uma direção, sou arrastado atrás do Steve, recolhendo lixo e engolindo veneno. Na outra, sou honesto com Savannah, vejo-a se magoar de novo e talvez nunca se recuperar dessa traição.

Ainda que eu não tenha vazado as fotos intencionalmente, elas estavam no meu celular quando Dinah o pegou. Eu devia ter apagado na mesma hora. Devia ter feito alguma coisa para proteger a Sav, mas testemunhar a favor do Steve não vai resolver problema nenhum. Só vai criar mais. Sei disso agora.

— Não. Não vou te ajudar — digo a ele.

Sav para ao meu lado. Seguro a mão lisa e delicada dela.

— Lamento ouvir isso. — Ele assente na direção de Sav. — Foi um prazer te conhecer, srta. Montgomery. Gideon, se você mudar de ideia, sabe onde me encontrar.

Fico tenso e o vejo se afastar. Ele para perto do meu Rover e bate com a mão na porta de trás. Sem se virar, diz com voz alta e clara:

— Acho que você devia comprar pneus novos. Algo que não esteja com o corpo tão gasto e maltratado.

Corro atrás dele. Savannah grita meu nome, mas já estou longe. Chego em Steve em dois passos, seguro o ombro dele e o viro. Enfio o punho na boca dele. Sinto os dentes nos meus dedos. Recuo para bater de novo, mas sinto duas mãozinhas puxando meu braço.

— Para. Para! — grita Savannah.

Steve balança a cabeça. Tem sangue escorrendo pelo canto da boca.

— Eu falei que você só teria direito a um golpe sem reação, garoto.

Estico os braços.

— Vem, coroa.

Ele recua e balança o dedo para mim.

— Tem jeitos melhores de se vingar de alguém além de batendo. É uma coisa que vocês, garotos Royal, ainda não aprenderam. Deus sabe que tentei ensinar, mas vocês puxaram muito o seu pai. — Ele dá um sorrisinho. — Sua mãe sabia se vingar. Você devia aprender a lição com ela.

Tenho vontade de pular no Steve e dar na cara dele até só sobrar mingau, mas Sav me puxa.

— Isso não está ajudando — murmura ela, avisando.

As palavras dela penetram na minha raiva. Isso e a arrogância do Steve. Ele deve ter um policial na palma da mão pronto para me acusar de agressão. Aí, ele vai ter outra coisa para jogar na minha cara.

— Vamos. — Pego a mão dela.

Ela vem junto sem perguntar nada. Atrás de nós, posso jurar que Steve ri, mas me obrigo a ir em frente.

— Tenho uma coisa pra te contar — digo com seriedade.

— Imagino que deva ter a ver com o Steve.

— Você é esperta.

Ela faz uma pausa antes de confessar:

— Estou muito ansiosa agora. Você pode contar logo o que está acontecendo ou vou ter que viver com minhas teorias loucas o resto do dia?

Eu me inclino e pego o moletom no chão.

— A gente tem duas opções. São vinte minutos de caminhada até o lugar onde pensei que podíamos almoçar e passar um tempo. Ou a gente pode ficar no Rover.

Ela olha para a direita e para a esquerda.

— Que tal você me contar aqui? Não tem ninguém perto.

Olho ao redor e me dou conta de que a coisa mais próxima é um dos campos de beisebol. Os jogadores estão no aquecimento, mas ninguém deve conseguir nos ouvir. Não é meu local favorito para uma confissão desse porte, parece exposto demais. Ou talvez eu fosse ficar exposto assim em qualquer lugar.

Olho longamente para Savannah. Tem preocupação nos olhos dela, mas ela não está com a expressão tensa e irritada de sempre desde nosso término.

Acho que é o que mais odeio, o fato de estar estragando a paz tão batalhada por ela.

Sufoco um suspiro, me encosto na lateral do Rover e tento pensar na melhor forma de confessar. No meu silêncio, Savannah me choca.

— É sobre as selfies que te mandei e Dinah encontrou?
— O quê? — Olho para ela, perplexo. — Você sabe?

O canto da boca da Sav se curva no que parece de leve um sorriso.

— Você estava tentando me proteger guardando segredo?

Sem falar nada, faço que sim.

Ela envolve o corpo com os próprios braços.

— Bom, já é alguma coisa. Por muito tempo, achei que você tivesse mostrado pra ela e que era assim que ela tinha conseguido as fotos.

Falo um palavrão.

— Você está de brincadeira? Não mostrei pra ninguém. Ela pegou de mim.

Sav inclina a cabeça e me observa por muito tempo. Deve ter chegado a uma conclusão, porque assente e diz:

— Somei dois mais dois depois que Ella implorou pra que eu não dissesse nada sobre isso.

— Espera aí, a Ella sabe sobre as fotos? — E começo a fazer as contas direito. — Por que estou surpreso? Claro que o Reed contou. — Eu franzo a testa. — Mas... como a Ella sabe que você sabe?

— Você não conversa com a Ella? — Umas marquinhas aparecem no canto dos olhos azul-céu, como se ela estivesse rindo da minha ignorância.

Eu não me ofendo. Ela pode rir de mim o quanto quiser.

— Não. Ela parece ser mais pentelha do que vale a pena aguentar. — Na verdade, Ella sempre me provocou sentimentos ruins. Ela entrou do nada na minha casa e revirou as entranhas do meu irmão como se fossem um pretzel.

— Reed me encurralou na escola um dia e me disse que eu estava enganada sobre você — diz Sav. — Que você nunca faria nada pra me magoar. E estupidamente eu respondi que, se você não quisesse me magoar, teria mantido nossas questões particulares no particular.

Solto o suspiro que estava prendendo.

— E ele deve ter percebido que você estava falando das fotos porque contei a ele sobre a ameaça da Dinah quando descobri que ele estava transando com a Brooke.

— Que confusão — diz ela, suspirando também. — O que não entendo é por que você ficou calado. Por que não me procurou? Fiquei achando que você me odiava. Que estava rindo pelas minhas costas.

Ela engole em seco e baixa o olhar para os pés. Sinto a infelicidade subindo pela minha garganta.

— Eu não queria que você fosse presa por me mandar aquelas fotos. Eu devia ter apagado. Mas guardei. Todas. Fiquei me sentindo culpado e burro e deixei que Dinah me manipulasse. Desculpa. Meu Deus, estou muito arrependido.

Não preciso ver o rosto dela para saber que ela está com lágrimas nos olhos. Ouço na voz dela.

— Steve viu, não foi? Era disso que ele estava falando quando disse que você devia arrumar uma coisa que não tivesse sido tão usada?

— Era.

Uma lágrima escorre das pálpebras fechadas dela.

— Desculpa. — Existe alguma palavra mais inadequada do que "desculpa"?

— Como ele viu?

— Não sei. Só soube hoje que ele viu. Ele pediu que eu testemunhasse a favor dele. Em troca, não postaria suas fotos na internet.

O som que sai da garganta da Sav é horrível e me deixa de estômago embrulhado. Mais duas lágrimas seguem a primeira.

Estico a mão e aperto os ombros dela. Respiro de alívio quando ela não se afasta. Ela respira fundo duas vezes para se acalmar e se recompõe.

Ela abre um sorriso trêmulo e tímido.

— Eu devia ter te deixado dar uma surra nele.

— Devia.

Ela solta uma gargalhada baixa. A expressão mostra tristeza e frustração, mas não tenho a sensação de serem dirigidas a mim.

— Por que você não está com raiva de mim? — pergunto.

— Você deu as fotos pro Steve?

— Não. — Eu só contei ao Reed que ela tinha enviado pra mim depois que ele quis saber por que eu estava transando com a Dinah. A chantagem dela saiu em uma confissão bêbada e enrolada.

— Então, tudo bem. Não vou te culpar por ser descuidado com o celular se fui descuidada de enviar as fotos. — Sav pega a minha mão... não para me afastar, mas para chegar mais perto. — Além do mais, estou cansada de sentir raiva o tempo todo.

O alívio que sinto é sufocante. Tenho vontade de me deitar. Mas não temos tempo para isso. Steve é perigoso, mas tem uma solução diferente da que o Steve propôs.

— Posso testemunhar se você quiser, mas ele vai ficar jogando isso na nossa cara pra sempre.
Ela me olha.
— Você tem outro plano?
— Tenho.
E conto o plano para ela.

Capítulo 19

SAVANNAH

DIAS ATUAIS

O plano do Gideon é simples. Vamos pedir a Ella para nos dar a chave da cobertura do Steve e da Dinah, e revirar o local até encontrar o lugar onde Steve guarda as fotos da Sav.

— E aí, a gente luta de igual pra igual — conclui ele.

— A gente vai tirar *nudes* do Steve e botar na internet? — pergunto lentamente, muito confusa. — Me parece péssimo. Não quero tirar fotos dele e menos ainda pelado. — Quase vomito só de pensar.

— Não, a gente não vai querer estragar a internet pra todo mundo — responde ele secamente. — Mas Steve não pensou direito. Como ele vai explicar como teve acesso às fotos? Você era menor de idade. Se forem conectadas a ele, só vai mostrar melhor como ele é um merda nojento. O objetivo de me ameaçar era pra eu testemunhar que ele é um sujeito decente que não faria mal a uma mosca. Minha ideia é que a gente use as fotos como isca pra ele admitir que as roubou e está tentando usar. Vamos gravar e usar contra ele.

— Por que a gente precisa das fotos?

— Pra estar em pé de igualdade. Se estivermos com as fotos, ele vai ser obrigado a falar delas abertamente, não com os termos vagos que usou hoje.

— Não sei — digo. — Chantagear um chantagista não me parece a melhor alternativa. Vingança é um ciclo ruim. Dinah tenta matar Steve, e Steve tenta matar Dinah, só que acaba matando a melhor amiga dela. Aonde vamos parar se fizermos isso? — Eu suspiro. — Não vou mentir, o Steve me assusta um pouco. — Ficar longe dele parece a melhor alternativa.

— Não vou deixar que ele encoste um dedo em você — promete Gideon. — Sei que não é a melhor ideia do mundo, mas não temos como eliminar todas as cópias. São digitais, e mesmo que a gente destrua umas fotos, talvez a gente não consiga apagar completamente a existência delas.

— Isso não está fazendo com que eu me sinta melhor.

— Eu sei.

As palavras saem sofridas, um som doloroso e gutural. Se eu soubesse o quanto ele estava mal por causa disso, teria perdoado antes? Acho que não. A mágoa deixa a gente meio surda, meio cega, anestesia o coração. Eu não estava pronta antes.

Apoio a mão no braço dele.

— Tudo bem.

Ele bota a mão sobre a minha.

— Vou consertar as coisas pra você.

E como sei que não devo tentar desviar um Royal teimoso de um caminho que ele já está percorrendo, só digo:

— Está bem.

Ele abre um sorriso aliviado.

— O primeiro passo é ligar pra Ella. Ela tem acesso ao Steve.

Faço uma careta. Ella e eu nunca nos demos bem fora a vez em que preparamos a vingança contra o Daniel Delacorte, um babaca estuprador que está em uma escola militar agora. É uma sentença que acho leve demais, mas pelo menos ele está longe de garotas. É constrangedor a Ella saber que minhas fotos existem. Mas, se eu for sincera comigo mesma, é porque a admiro.

Ela é uma garota corajosa e ousada. Quando uma das nossas colegas tentou humilhá-la dando para ela uma lingerie micro em vez do uniforme de dança, a Ella vestiu o fio dental e o sutiã transparente e entrou no ginásio cheio de jogadores de futebol americano.

Eu não estava lá, mas soube que todos os olhares estavam nela. Na prática, ela estava nua. E não se importou. Ou pelo menos não o bastante para se abalar. Eu devia aprender com ela.

— Então vamos. — Eu me levanto e limpo a terra da roupa.

Gid pega o moletom e segura minha mão. Juntos, vamos até o Rover. Lá dentro, ele liga para a Ella.

Ela atende na mesma hora.

— Ei, Gid — diz ela. — O que posso fazer por você?

— Não posso ligar pra dizer oi pra minha irmãzinha? — brinca ele.

— Não. Porque você nunca fez isso. Nossas conversas consistem basicamente em você me avisando pra ficar longe do Reed.

Bem isso. Corajosa. Ousada. Eu viro a cabeça para Gideon não ver meu sorriso.

— Obviamente, tenho muitos erros pra consertar — diz ele.

— É mesmo? Tudo bem. Bom, estou de olho naqueles jatos novos que a AA está preparando pra sair da fábrica. Quero o meu com couro branco e contorno rosa.

— Feito — diz ele na mesma hora.

— Estou brincando.

— Eu, não.

— Gideon. — Dou um soco no braço dele.

— O quê?
— É a Savannah? — pergunta Ella.
— Sim, sou eu. Queremos pedir sua ajuda.
— Viu, é por isso que eu não estava brincando — diz Gid. — Além do mais, conheço uma pessoa da Atlantic Aviation. Acho que consigo um desconto.
— Hahaha — digo com sarcasmo.
— Como é pra Savannah, faço de graça — diz Ella.
Levanto as sobrancelhas com surpresa. Não sei por que ela faria isso; nunca fui muito legal com ela. E digo isso.
— Eu devia pagar mais porque nunca fiz nada por você.
— Mas fez — responde ela.
— Quando?
— Aquela coisa do Daniel — diz Gideon.
— É — confirma Ella. — Reed me contou que você foi atrás dele. Se não fosse você, muitas coisas ruins poderiam ter acontecido comigo. Desculpe por não ter te ouvido desde o começo. Te devo isso e, se você não me deixar pagar, vou ficar culpada pelo resto da vida. É assim que você quer que eu retribua?
— Negativo — digo com uma risada. A brincadeira da Ella está quebrando o gelo que se formou entre nós.
— Bom, estou relaxando na piscina, o lugar favorito do Gid, então podem pedir o favor.
— É meu segundo lugar favorito — corrige Gideon enquanto segura a minha mão e a coloca no joelho dele. — O primeiro seria ao lado da Sav.
Fico vermelha com a declaração brega.
— Ahhhh — provoca Ella. — Que fofo. E romântico. Eu nunca achei que você fosse romântico, Gid.
Ele dá de ombros, um gesto que Ella não vê, e abre um sorriso rápido para mim. Os dois não se conhecem, mesmo. Eu me inclino para a frente e fecho os dedos no joelho dele para me apoiar.

— Gid é o mais romântico de todos — protesto. — Ele sempre foi do tipo que faz gestos grandiosos.

— Sério? — diz Ella, chocada.

— Você não soube da história de quando ele encheu de rosas os corredores da Astor Park pra pedir desculpas por ter me dado o bolo?

— Sério? — repete ela. — Não. Eu nunca ouvi essa história.

Ao meu lado, Gideon fica vermelho. Ele limpa a garganta.

— Mas isso é história pra outra hora. Vamos só dizer que fui burro por muito tempo e tive que compensar de maneira cada vez mais espetacular.

— O que você fez pela Savannah desta vez?

— O que faz você achar que tive que fazer alguma coisa por ela?

— Você acabou de dizer que foi burro muito tempo e, sinceramente, essa é uma característica clássica dos Royal.

Caio na gargalhada.

— Verdade — digo entre risadas, e Ella ri junto.

Gideon aceita a provocação. Ele deve saber que ser alvo da diversão leve de duas garotas é melhor do que nós estarmos uma estranhando a outra.

— Savannah, está gostando da State? — pergunta Ella.

— Muito.

— Estou com tanta inveja de você se formar um ano antes. Eu nem sabia que isso era possível.

— Sav está adiantada desde que entrou na Astor. — Tem orgulho na voz de Gideon e eu fico vermelha.

— Eu tenho que fazer umas aulas na West-Marks Academy — digo para ela. — É assim que funciona a entrada precoce na faculdade.

— Ainda assim, é muito foda, Savannah.

Vibro com o elogio dela. Ella é uma garota muito legal, e eu me ressentia dela por isso. Ouvir ela me dizer que sou legal provoca uma sensação ótima.

Ela limpa a garganta.

— Por mais divertido que seja pegar no pé do Gid, estou imaginando que não foi pra isso que vocês me ligaram.

Fico séria na mesma hora.

— Não. — Vou direto ao ponto. — Steve encurralou o Gideon na faculdade.

— Ah, não. — Tem muita angústia nas duas palavras dela. Também escuto um pouco de vergonha e me pergunto se Ella se sente um pouco responsável pelas ações do pai. Mas não devia. Steve é um homem adulto e foi ele quem decidiu matar uma pessoa.

— É, ele queria que eu testemunhasse a favor dele, dizendo que ele é uma boa pessoa e não faria mal nem a uma mosca — interrompe Gideon, as palavras carregadas de escárnio. — Em troca, não postaria as fotos minhas e da Sav na internet.

— Ah, meu Deus. Sinto muito, Savannah.

— Mas isso não é culpa sua. Fui eu que mandei as fotos.

— Mas Steve é meu pai — diz ela, confirmando o que eu desconfiava.

— E por acaso foi você que o tornou uma pessoa horrível?

— Tudo bem, você tem razão. Eu não o tornei uma pessoa horrível, mas me sinto mal mesmo assim. A questão é que a Dinah botou fogo em tudo na minha frente, nos documentos legais, nas fotos e no que mais ela tinha sobre a família. Foi o jeito dela de me agradecer por ter salvado a vida dela, acho. Mas, na era digital, sempre existe uma cópia. — Ela suspira. — O que vocês querem que eu faça?

— Quero entrar na cobertura e procurar — responde Gideon. — Ele deve estar guardando as cópias digitais em algum lugar.

— A polícia confiscou os computadores dele e todo o resto.

— Você sabe o que encontraram?

— O advogado do Callum diz que não foi muita coisa — admite Ella.

— Ele está com um celular novo.
— Certo.
— E deve ter contas novas.
— Provavelmente.
— Ele sobreviveu seis meses fora do país e conseguiu voltar sem acessar nenhuma das contas pessoais, senão meu pai teria sido notificado.
— Você está dizendo que alguém o ajudou? Steve disse que os aldeões que o encontraram que ajudaram.
— E Steve foi sincero sobre todo o resto, né?
— Verdade. — Há silêncio na linha enquanto Ella pensa.
— De que vai adiantar procurar na casa dele? — pergunto. — Mesmo que encontrássemos o que estamos procurando, como você falou, Gid, sempre vai ter uma cópia em algum lugar.
— Mas, se encontrarmos e removermos a cópia, podemos estar um passo à frente.
— Ou talvez seja melhor nos preocuparmos só com o que podemos controlar. Nesse caso, a única coisa que posso controlar é minha reação. Se ele postar as fotos, vou enviar pedidos de remoção. Eu era menor, e seria ilegal mantê-las on-line.
— Ainda vai haver sites que vão postar mesmo assim — observa Gideon.
— E daí? Eu devia ter vergonha da minha aparência? — Uma onda de calor sobe pelas minhas bochechas.
— Não. Nem um pouco. Você estava linda em todas aquelas fotos. Por que acha que guardei? — diz ele com lástima.
— Você é linda, Savannah. Tem pernas maravilhosas, e seu corpo é deslumbrante. Sempre senti inveja — diz Ella.
— Pronto, viu? — diz Gideon com orgulho. — Dois de seis Royal concordam que você é a coisa mais gostosa deste lado do Mojave.
— Posso falar em nome do Reed e do Easton também — diz Ella. — Os dois te acham linda.

Faço uma careta ao ouvir o nome do Easton, porque a gente já ficou. Um olhar de lado para o Gideon me diz que ele acha mais graça do que tem raiva.

— Agora, sim. Quatro de seis. É a grande maioria.

— Bom, como a grande maioria dos Royal concorda, deve ser verdade. — Nem sei com o que estamos concordando agora.

— Vou desligar porque essa conversa chegou ao ápice — diz Ella. — Me liguem se precisarem de mais alguma coisa.

Depois que nos despedimos, Gideon bate com os dedos no volante e diz:

— Você não quer mesmo fazer nada?

Nem penso duas vezes antes de responder.

— Mesmo que encontrássemos um dos dispositivos do Steve com as fotos, duvido que isso eliminasse a ameaça. A única coisa que vai acabar com o problema é tirar o poder dele sobre mim. Então, não, não quero fazer nada.

— Nem mesmo uma vingança mesquinha?

Vingança mesquinha?

— Isso pode ser. Do que você está falando?

— Os bens do Steve estão congelados, e ele não pode pilotar. A única válvula de escape que ele tem como diversão é o Bugatti. — Gideon arqueia a sobrancelha. — Tenho um bastão em casa com o nome dele...

— Você pode ser preso — digo.

— Isso é um não?

Levo a mão até o cinto de segurança.

— Não. Só falei que você pode ser preso. Mas pago a sua fiança. — Abro um sorriso largo. — De repente posso até querer dar umas porradas no carro também.

Capítulo 20

SAVANNAH

DIAS ATUAIS

— Bayview é como uma prisão para o Steve. Quando não está aqui, ele acha que pode fazer qualquer merda e se safar — explica Gid enquanto segue por uma estrada larga e pavimentada com mansões de pedra dos dois lados.

— Onde estamos? — Eu me viro no banco e observo uma parte da cidade que nunca visitei. Tem pouco trânsito, muito verde e metros e metros de cerca.

— Onde se consegue as coisas boas — responde Gid enigmaticamente.

Ele vira duas esquinas e passa a dirigir lentamente.

— Tenho medo de perguntar como você sabe sobre esse local — digo, espiando pelo para-brisa a viela escura e estreita.

— Uns caras da fraternidade Alfa Zeta vieram aqui no outono. Acho que estavam tentando se exibir pro Cal e pra mim.

— Mas vou querer saber o que tem lá dentro?

— Provavelmente, não — admite ele. — Mas é exatamente o tipo de buraco que seria atrativo para o Steve. — Com isso, ele quer dizer que é cheio de coisas sórdidas e degeneradas. — Aliás, lá está. — Ele aponta para a esquerda.

Quando passamos, vejo as curvas distintas do carro esportivo muito caro do Steve. Gideon continua pela viela e estaciona na frente de uma cerca-viva que esconde uma entrada pequena de carros.

— Espera — diz ele, e pega no banco de trás as compras que fizemos no caminho.

— Então a mortadela não é pro jantar de hoje? — pergunto ironicamente.

— Se sobrar alguma, é sua. — Ele pega um gorro preto no banco de trás. — Toma.

Eu o pego e viro para mim.

— Isso é nosso disfarce?

Ele enfia um igual na cabeça.

— É. Não tem câmeras aqui, mas é por precaução. Além do mais, você fica um tesão de gorro.

Ele abre um sorriso rápido e sai do Rover. Coloco o gorro na cabeça e enfio a mão na bolsa para pegar um elástico de cabelo. A parte ruim de ter cachos volumosos é que o cabelo acaba atrapalhando. Quando termino de prender, Gideon já abriu a minha porta.

— Pronta?

— Pronta — respondo e seguro a mão dele.

Apertando bem a minha mão, ele fecha a porta com o quadril e me leva pela viela silenciosa.

Quando vamos passando por um carro caro depois do outro, a curiosidade vence.

— Eu tenho que saber. O que exatamente está todo mundo fazendo lá dentro?

Ele dá de ombros.

— Quanto dinheiro você tem e o que você quer? Esses são os únicos critérios.

Minha imaginação explode, mas não faço mais perguntas porque chegamos ao carro do Steve. Gideon pega o frasco de supercola e uma faca pequena. Abaixa-se ao lado do pneu da frente no lado do passageiro.

— Aqui, segura isso — diz ele, me entregando a cola.

Pego a cola com as mãos suadas e o vejo abrir a válvula e empurrar com a ponta da faca o pino de metal. O ar solta um chiado ao sair do pneu.

— Estou tirando o ar e depois vamos colar as tampinhas de volta — explica ele.

— E pra que vão servir a mortadela, o queijo e a pasta de amendoim? — Eu tive sérias dúvidas quando ele colocou esses itens na cesta no mercado, mas decidi esperar e ver quais eram os planos dele.

— Nós vamos botar o queijo no cano de descarga. Vai derreter quando ele dirigir e deixar o interior do carro fedendo. A mortadela tem ácido fosfórico e vai fazer a tinta descascar. A pasta de amendoim é a mesma coisa.

— E a maionese?

— Isso é pro para-brisa.

— É isso que você aprende na faculdade? — Eu suspiro e troco a cola pela tampa da válvula.

Ele coloca a tampa de volta e vai para a roda seguinte.

— Cal e eu passamos uma noite bêbados pesquisando usos destrutivos de comida. Havia um artigo que foi divulgado sobre como construir uma bomba usando coisas que dá pra comprar num aeroporto e isso evoluiu pra uma discussão sobre se dava pra construir um explosivo com coisas que se compra numa loja de orgânicos.

— Que discussão saudável — brinco.

— Não é? A gente é superintelectual.

Enquanto ele termina com os pneus e o cano de descarga, começo a aplicar a maionese. É quase divertido demais espalhar aquilo no para-brisa. Cantarolo enquanto viro o conteúdo do pote nos limpadores e volto para pegar a pasta de amendoim. Já decorei as duas portas, o para-brisa e o capô do carro quando Gideon se junta a mim.

— Ta-dá — digo, esticando os braços na direção do carro.

Ele assente com aprovação.

— Bom trabalho.

Solto uma risadinha.

— Vandalismo é bem gostoso. E se eu ficar viciada?

— Minha conta é bem gorda. Acho que posso pagar sua fiança. — Ele segura a minha mão e corremos até o Rover.

— Pode ser que eu fique me metendo em mais confusão, se você pagar minha fiança — aviso.

Ele curva os lábios para cima e joga a sacola com as embalagens vazias na parte de trás do Rover. O calor naquele sorriso poderia me aquecer por todo o inverno da Carolina do Norte. Respiro fundo e me vejo sem ar quase na mesma hora.

Gideon segura meu pulso e me puxa para mais perto.

— Como falei, pode deixar que a fiança está resolvida.

Sinto-me tonta. Meus tornozelos estão fracos, e meu centro de gravidade está se inclinando na direção do Gid.

— Mas quantas vezes?

— Quantas você precisar. — A boca dele está a um sussurro da minha. Sinto o aroma de hortelã do hálito dele, a baforada de ar quente na bochecha. — Pelo tempo que você precisar.

Ele desliza as mãos do meu pulso pelo cotovelo e meu ombro até aninhar a lateral do meu rosto. Paro de respirar. O ar pesa demais para entrar nos meus pulmões. Estou com medo de que qualquer movimento o faça desaparecer, como acontecia nos meus sonhos passados.

— Savannah — murmura ele. O polegar passa pelo meu queixo e aperta o meio do meu lábio inferior.

Sinto esse contato até meu âmago. Os dedos dele envolvem a base do meu pescoço. Lentamente, ele me puxa para a frente, me dando tempo para me afastar. Eu me movo.

Fico nas pontas dos pés. Chego mais perto. Tão perto que elimino toda a distância entre nós. Tão perto que meus lábios encontram os dele. Tão perto que sinto o peito dele subindo e descendo enquanto ele respira. Tão perto que o passado, a dor e os arrependimentos se apagam.

Tão perto que a única coisa que percebo é ele.

Os batimentos dele ecoam nos meus ouvidos. O carinho dele tem um gosto doce na minha língua. Nós nos beijamos como se não estivéssemos no meio da rua, na frente de um carro que acabamos de estragar. Nós nos beijamos como se nunca tivéssemos brigado. Como se nunca tivéssemos dito uma coisa ruim sobre o outro. Como se nunca tivéssemos ficado separados.

Ele me aperta mais, como se estivesse com medo de eu ser o sonho, e isso me faz sorrir, me dá coragem. Encosto o corpo no dele e o empurro para trás até ele encostar na lateral do Rover. Passo os braços pelo pescoço dele, me inclino e o beijo até ele ficar sem ar.

Ele pega minhas pernas. Embaixo de mim, sinto-o se reposicionar, abrir as pernas, enfiar a mão debaixo da minha bunda e me puxar para perto. Senti tanta falta disso.

Meus dedos passam pela beira da camisa e por baixo dela, percorrendo o abdome esculpido por horas na piscina e na academia.

Em um movimento fluido, Gideon abre a porta do carro e me coloca no assento macio de couro. Põe o corpo rígido sobre o meu e se encaixa em um espaço que é ao mesmo tempo familiar e estranho. A boca está no meu pescoço e as mãos, na lateral do meu corpo.

— Tira. — Puxo a camisa dele. — Isso tem que sumir.

Ele puxa a camisa pela cabeça e paro um momento para apreciar o trabalho artístico que é o tronco de Gideon Royal. Deus foi generoso demais quando fez Gid. Ele não tem só um rosto bonito, com o maxilar firme, o nariz reto, os lábios carnudos, mas também um corpo que faria inveja a uma estátua.

Passo a língua nos lábios de expectativa.

— Lindo. — E faço sinal para ele se aproximar de mim. Ele faz isso sem dizer nada.

Ele levanta minha blusa. Eu ajudo. Coloca a boca na minha clavícula, acima do meu sutiã de renda, e dá beijos maliciosos na minha barriga. Desce mais um pouco. Ajudo com meus botões, zíperes e renda e com os botões, zíperes e algodão dele.

De repente, estamos só nós dois, apagando nosso passado, aliviando nossas dores e colocando lembranças novas e preciosas no lugar das ruins.

— Savannah — sussurra ele, arrastando as três sílabas até parecerem um refrão. Ele beija a curva da minha bochecha, passa o nariz no meu queixo, beija o vão quente entre os meus seios. — Savannah — repete ele. — Como senti saudades.

Tem solidão nas palavras dele. Uma sinceridade que não passa despercebida.

— Não me abandona desta vez — murmuro na pele molhada de suor dele.

— Não vou. Nunca. Eu te amo, Savannah. — Ele se apoia acima de mim, os braços tremendo com o esforço. — Desde o momento que te vi, meu coração passou a ser seu. Diga que me aceita de volta, por favor.

Levanto a mão e o puxo para mim, pele quente em pele quente.

— Aceito. Eu também te amo, Gideon. Tentei não amar, mas é impossível. Você nunca vai se livrar de mim.

Não é uma ameaça, é uma promessa. Os olhos dele brilham de felicidade, e a cabeça se curva até a minha de novo. Eu o puxo para mais perto, mais fundo. Até que, na viela cheia de pecado, expurgamos o que há de sombrio e substituímos por nosso amor doce e puro.

Depois, bem depois, ele se deita ao meu lado. A brisa fresca entra pela porta que está aberta. Gideon é alto demais para caber dentro. A exposição poderia me incomodar, mas dou uma risada. Uma multidão podia ter se reunido em volta do carro e eu nem teria percebido.

— O quê? — brinca ele.

— Nada. — Mas me sento, afastando mechas úmidas do rosto. — Melhor a gente ir. — Procuro minha blusa.

Ele se levanta.

— Pra não ficarmos dando bobeira na cena do crime?

Entrego a camiseta dele.

— É a regra número dois do manual de Bonnie e Clyde.

— Qual é a número um?

Abro um sorriso.

— Sempre cometer seus crimes juntos.

Capítulo 21

GIDEON

DIAS ATUAIS

— Vai com cuidado. — Beijo a testa da Savannah e prendo uma mecha de cabelo dela atrás da orelha. Hoje, está liso. Ainda não sei se prefiro os fios sedosos ou os cachos volumosos. Acho que amo os dois.

Ela abre um sorriso tenso e nervoso.

— Você vai pra casa no fim de semana?

Sinto a ansiedade, apesar de ela estar fazendo de tudo para esconder. Chego mais perto, torcendo para que ela possa ver a sinceridade nos meus olhos.

— Vou. Acabo por volta de meio-dia de sexta e chego antes da sua aula acabar. Em três semanas, volto pra casa pra passar o verão. — Aperto o corpo dela de novo e pego a malinha dela.

— Quanto tempo você vai passar em Bayview nas férias de verão? — Ela abre a porta de trás do Mercedes e espera que eu guarde a mala.

— Não sei. Você fez tudo que precisava fazer? — Enrolo para gastar tempo, me perguntando onde a Julie está.

— Fiz. Visitei o departamento, vi onde vão ser minhas aulas, conheci meu futuro orientador. — Ela bate na porta. — Liguei pra Shea hoje de manhã, estão me esperando em casa em poucas horas.

Relutantemente, coloco a mala dela no banco de trás. Sav fecha a porta e passa os braços em volta de mim.

Com o susto, quase esqueço de retribuir o abraço. Tem muito tempo que ela não toma a iniciativa de contato físico comigo. Esqueci o quanto gosto. Em qualquer outro momento, eu a pegaria no colo e a levaria para a superfície horizontal mais próxima. Na noite anterior, não consegui me controlar e esperar voltarmos ao meu apartamento. Ainda assim, não me arrependo de um segundo.

Aperto a cabeça dela no meu peito e procuro minha amiga maldita no horizonte.

— Hum, você está me apertando. — Sav se remexe nos meus braços.

Eu a solto lentamente.

— Desculpa. Não estou acostumado a abraçar pessoas.

— Achei que você e o Cal dormissem abraçados todas as noites. De conchinha com você na frente, claro — provoca ela.

— De jeito nenhum. Cal é que fica sempre na frente. Falando no diabo. — Sou tomado de alívio quando vejo meus dois amigos correndo até nós. Se eles não tivessem aparecido, todos os meus planos da madrugada seriam destruídos.

— Desculpa! Desculpa! — grita Julie enquanto se aproxima. — Minha mãe ligou, e levei uma eternidade pra conseguir desligar. — Ela segura o braço da Sav. — Você precisa entrar um minutinho. Tem uma coisa da irmandade que a gente tem que fazer antes de você ir.

— Ah, mas falei pra minha irmã que estaria em casa...

— Pode ligar pra ela lá de dentro — interrompe Julie e praticamente arrasta Sav para dentro.

Abro um sorriso e aceno até Sav estar dentro da casa. E me viro para Cal com a testa franzida.

— Foi bem em cima da hora, né? O que você e Julie estavam fazendo?

O rosto dele fica vermelho como fogo.

— Puta merda — exclamo, esquecendo momentaneamente meu plano. — Como aconteceu?

Ele dá de ombros e parece ao mesmo tempo tímido e satisfeito.

— Sei lá. A gente estava esperando você dar o sinal e começou a conversar sobre amor e essas merdas. Uma coisa levou a outra. Talvez eu tenha dito que tenho sentimentos por ela. — Ele afasta o olhar por um momento, tomado de emoção. Talvez constrangimento, talvez só felicidade. Espero que ele se recomponha. Demora um momento para ele empertigar os ombros e me encarar. — Ela disse que também tem sentimentos por mim, e não preciso explicar o que é afogar o pato, né?

Não, mas uma parte de mim quer saber o que o Cal acha que é.

— Legal, cara. Estou feliz por vocês. — Abro um sorriso e dou um tapa no ombro dele.

Ele sorri para mim.

— Obrigado. Mas quem não sentiria atração por mim, né? Sou mais gostoso do que um bifão suculento.

— Claro que é. Aliás, é afogar o ganso.

Cal coça a cabeça.

— Tem certeza?

— Tenho.

— Acho que você está enganado, meu querido. — Meu amigo balança a cabeça com tristeza. — Quando meu pai e meu tio me contaram como é, os dois falaram pato.

Pego a chave no meu bolso.

— Eu adoraria ficar discutindo isso o dia inteiro, mas tenho que chegar em Bayview. Dá um jeito de não deixar a Sav pegar a estrada antes de daqui a uma hora.

— Uma hora? — pergunta ele. — Como vou fazer isso?

— Explica pra ela sobre afogar o ganso. Vai demorar uns sessenta minutos, pelo menos. — Entro no Rover. Pelo retrovisor, vejo Cal mostrando o dedo do meio, mas aceno com alegria e pego a estrada para Bayview. Tenho um monte de coisas para fazer antes da Sav chegar em casa.

* * *

— Não se preocupe, sr. Montgomery. Vou cuidar bem da Savannah. — Abro um sorriso para o pai da Sav e guardo a pasta verde que ele pegou no cofre da família.

Do outro lado da mesa, Shea faz cara feia.

— Igual cuidou no passado? — diz ela com malícia.

— Não, bem melhor — garanto. Shea tem todo o direito de sentir raiva. Na verdade, se eu estivesse no lugar dela, não me deixaria entrar na casa. Felizmente, o pai dela tem uma quedinha por mim... ou melhor, pelo meu sobrenome.

— Ora, Shea, o jovem se desculpou. Temos que ser cristãos e perdoar.

A irmã da Sav murmura baixinho alguma coisa que parece demais ser "perdoar, meu cu". Mas continuo sorrindo para ela. Shea e eu vamos manter contato pelo resto da vida. Não faz sentido criar mais atrito com ela.

— Obrigado, senhor — digo ao sr. Montgomery. — Agradeço pela sua generosidade.

— Não. Não. Você fez bem de vir aqui e pedir desculpas. — Ele estica a mão e dá um tapinha nas minhas costas. — Mas o que mais esperaríamos de um filho de Callum Royal?

— Sei que ele ficaria satisfeito em saber que o senhor o considera tanto. — Pego pesado, mas, como Shea, o sr. Montgomery e eu vamos ser próximos por muito tempo. Ele tem que gostar de mim.

— Que bom. Bem, vou deixá-los em paz. Estarei no meu escritório se precisarem. — Ele dá outro tapinha no meu ombro e sai da sala.

Ele nem saiu direito antes de Shea cair em cima.

— Não acredito que você teve a coragem de vir aqui — sussurra ela. — Se a vida fosse justa, você teria sido fulminado por um raio quando chegou na entrada de carros.

— Você está certa.

— Você... o quê? — Ela para de repente.

— Você está certa. Não mereço nada da Sav, de você e da sua família. Você tem todo o direito de me odiar de agora até a eternidade.

— Qual é a pegadinha? Onde está a explicação com o *mas*?

— Não tem. — Eu abro as mãos. — Você falou a verdade.

Atordoada, Shea não tem resposta, ou pelo menos nenhuma que consiga articular. E antes que possa elaborar outro ataque, Savannah entra na cozinha dos Montgomery.

— Oi, Shea, o papai disse que você estava... — Ela para quando me vê. — Gid! O que está fazendo aqui?

— Eu falei a mesma coisa! — Shea se levanta bufando e contorna a mesa para proteger a irmã mais nova.

— Eu pedi à Julie pra te enrolar pra eu chegar primeiro. — Com um floreio, pego um envelope e entrego para ela.

Ela faz expressão de desconfiança.

— O que é isso?

Shea pega da minha mão.

— Ele quer te levar pra Suíça por um mês inteiro em junho. — Shea pega o passaporte e balança na cara da Sav.

A expressão da Sav vai de cautelosa a perplexa.

— Você vai me levar pra fora do país?

— Só se você quiser ir — digo rapidamente. — Mas achei que o verão antes da faculdade devia ser memorável. Vamos pegar o avião Royal até lá, passamos duas semanas nos Alpes e vamos de carro até Veneza. Pedi o barco de um amigo emprestado, e podemos passar o resto do mês viajando pelo Mediterrâneo.

O queixo dela quase bate no chão.

— Você está falando sério?

— Estou.

— Por quê?

— Nós conversamos sobre viajar uma vez, e eu quero dar tudo que já te prometi, mas não fiz antes.

— Tipo fidelidade — comenta Shea.

Sav olha de cara feia para a irmã, mas eu faço que sim.

— Isso mesmo, tipo fidelidade. Sinceridade. Amor. — Dou um passo na direção da Savannah. — Fazer promessas em particular é uma coisa, mas em público, é outra. — Pego o jornal de Bayview e jogo para ela. — Na frente de Deus e todo mundo, é outra.

O jornal se abre e o anúncio de página inteira pelo qual supliquei, implorei e acabei pagando uma fortuna (tanto que acho que poderia ter comprado a porcaria do jornal em vez de um anúncio) aparece, colorido.

— Para a pessoa mais inteligente, corajosa, bonita... — Shea começa a ler. Sav coloca a mão na boca e elas leem o resto em silêncio.

Recito a carta de cabeça.

... e generosa que existe. Parabéns pela formatura adiantada e pela admissão na State. Eles têm sorte de receber você, mas não tanta quanto eu.

Quando bati os olhos em você três anos atrás, eu não tinha ideia do quanto me apaixonaria. Você roubou meu coração, e sou seu desde aquele dia.

Nosso romance nem sempre foi fácil. Sou um babaca na maior parte do tempo. Sou mal-humorado, impaciente e desatento. Você me aceitou e me perdoou quando eu não merecia. Vou dormir todas as noites pensando na coisa incrível que devo ter feito numa vida anterior para merecer você nesta.

Eu te amo de todas as formas, seja com cabelo ondulado, liso, sem maquiagem, com lábios de cereja MAC, de vestido de seda ou calça de moletom.

Você vai abalar a State quando as aulas começarem, assim como me abalou nos três últimos anos. Parabéns de novo. Mal posso esperar para passarmos o próximo ano, o primeiro do resto das nossas vidas, juntos.

Com amor, do seu namorado,
Gideon Royal.

— Quando você fez isso? — sussurra Sav, erguendo os olhos chocados até os meus.

— No meio da noite. Liguei pro meu pai, que ligou pro dono, que concordou em imprimir isso pra mim. — Não menciono o custo nem o fato de que tive que passar meia hora ouvindo meu velho gritar comigo por tirá-lo da cama pelo que chamou de "declaração imbecil por um relacionamento que não vai durar o tempo que ele leva pra dar uma cagada".

Shea limpa a garganta.

— Vou subir. Mas não pense nem por um minuto que não estou de olho em você.

Abro um sorriso.

— Vou me lembrar disso, mana.

— Mana? — diz ela.

— Vai. Vai. — Sav empurra a irmã para a porta, e finalmente ficamos a sós. — Ah, o Gideon dos gestos grandiosos — diz ela com um suspiro, se sentando numa cadeira.

— Cagadas homéricas precisam de pedidos de desculpas igualmente homéricos. — Puxo uma cadeira para perto e encosto as pernas por fora dos joelhos dela. — E aí, está a fim de uma viagem pós-formatura?

— Estou. — Ela ri um pouco. — O que você teve que dar ao meu pai pra ele concordar?

— Meu pai ligou pra ele — admito.

— Vamos ser só nós dois?

Dou de ombros.

— Você pode querer levar alguém.

— Sério? — Ela me olha com sobressalto. — Você me deixaria levar alguém?

— Eu não ficaria muito empolgado — digo com sinceridade —, mas quero que você fique feliz.

— Então, se eu quisesse levar outro cara, você deixaria?

Fecho as mãos involuntariamente só de pensar em outra pessoa tocando na Sav, mas me forço a concordar.

— Se for o que você quer.

Ela cai na gargalhada.

— Você está com cara de quem acabou de comer alguma coisa podre. Não se preocupe, não vou convidar ninguém.

Relaxo aliviado.

— A ideia não me encheu de alegria. — Abro as mãos e cubro a dela com a minha. — Mas fazer você feliz é o que me faz feliz.

Ela vira a mão e entrelaça os dedos com os meus.

— Não quero mais ninguém. Nunca quis. Esse foi o maior problema o tempo todo.

Inclino a cabeça na direção da dela até nossas testas se encontrarem.

— E agora?

— E agora... agora faz sentido. Nós passamos por muita coisa, mas conseguimos nos reencontrar. É um milagre, não é?

Pequenos diamantes cintilam nos cílios dela quando lágrimas inesperadas surgem. Limpo um olho e depois o outro.

— Você é o milagre — murmuro e a beijo em seguida.

Na frente de Deus e de todo mundo.

Leia também os outros livros da série The Royals

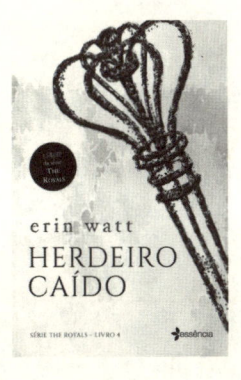

erin watt
PRINCESA DE PAPEL
SÉRIE THE ROYALS - LIVRO 1

erin watt
PRÍNCIPE PARTIDO
SÉRIE THE ROYALS - LIVRO 2

erin watt
PALÁCIO DE MENTIRAS
SÉRIE THE ROYALS - LIVRO 3

erin watt
HERDEIRO CAÍDO
SÉRIE THE ROYALS - LIVRO 4

erin watt
REINO EM PEDAÇOS
SÉRIE THE ROYALS - LIVRO 5

**Acreditamos
nos livros**

Este livro foi composto em Adobe
Garamond e impresso pela Geográfica para a
Editora Planeta do Brasil em agosto de 2020.